KB121404

아무튼, 장국영

아무튼, 장국영

오유정

코난북스

* 도서는 『　』, 논문은 「　」, 영화·음반은 〈　〉, 노래는 ' '로
  묶었다.
* 영화 제목, 인명 등은 한자를 우리말로 읽었고 따로 병기하지
  않았다. 지명은 중국어 발음으로 읽었고 필요한 경우 중국어
  간체자로 병기했다. 노래와 음반 제목, 그 밖에 이해를 돕기
  위해 병기한 경우에도 중국어 간체자로 표기했다.

차례

2020년 4월 그리고 2003년 4월

2019년 말부터 어디선가 들려오던 바이러스 소식은 2020년의 시작과 함께 우리를 찾아왔다. 초기에는 대수롭지 않게 여겼던 이 바이러스는 어느새 우리 삶 깊숙이 파고들어 좀처럼 진정될 기미가 보이지 않는다.

설마설마했는데 개강이 조금씩 미루어지더니 결국 사상 최초로 온라인 개강이 이루어졌다. 교수학습개발원 스튜디오에 앉아 어색하게 첫 주 강의를 녹화했다. 처음 2주로 계획되었던 온라인 강의는 4주로, 다시 7주로 연장되었다. 언제쯤 정상적인 교실 수업이 가능할지 기약이 없어 보인다. 하지만 사람은 역시나 적응의 동물인가. 금세 전문 기사님의 도움 없이도 혼자 연구실에 앉아 웹캠과 마이크를 사용해 제법 능숙하게 강의를 녹화할 수 있게 되었다. 이러다 곧 전 국민이 유튜버가 되고, 전 대학이 사이버 대학이 되는 건 아닌지 모르겠다.

2020년 봄, 코로나19는 생각보다 많은 것을 바꾸어놓았다. 대학은 물론 초·중·고등학교 개학이 미뤄졌고 봄꽃 축제가 모조리 취소되었으며 '사회적 거리두기'로 사람들과의 만남이 사라졌다. 나 역시 학교를 오고 가지만 연구실에 혼자 앉아 있다 집으로 돌아가는 생활에 점점 익숙해져갔다. 이맘때면 각종 신학기 행사로 떠들썩하던 캠퍼스는 아직 방학이 끝나지 않은 듯 적막으로 가득했다. 봄 학기가 이렇게 흘러가다니 영 섭섭했다. 새내기들이 느낄 섭섭함에 비할 수는 없겠지만.

수업 첫 주에 쓸 오리엔테이션 자료를 준비하면서 그래도 명색이 중문과(우리 학교는 중국언어문화학과)인데 코로나19를 중국어로 뭐라고 하는지 정도는 알아야 하지 않을까 하는 생각에 중국 포털사이트 바이두에서 코로나19에 관한 기사를 찾아보았다. 코로나19는 중국어로는 '新型冠状病毒肺炎(신형 관상 병독 폐렴)', 직역하면 '새로운 관(冠) 모양의 바이러스 폐렴'이라는 뜻이다. 보통은 '新冠肺炎(신관폐렴)'이라고 줄여 부른다. 문득 매일같이 코로나, 코로나 하면서도 정작 코로나가 무슨 뜻인지 별로 관심이 없었다는 사실을 깨달았다.

다시 영어사전을 찾아봤다. 코로나(corona)는 왕관을 뜻하는 크라운(crown)과 어원이 같은데 태양을 둘러싼 광환(光环)을 의미한다고 한다. 즉 코로나바이러스는 그 모양이 태양의 광환과 비슷하다고 하여 붙여진 이름이다. 우리가 발음을 차용했다면 중국어는 '관의 모양'이라는 뜻의 '冠状(관상)'이라고 표현해 그 의미를 차용했다. 역시 언어마다 외래어를 도입하는 전략에 차이가 있다. 재미있는 사실이 아닐 수 없다.

바이두에서 코로나와 관련된 이런저런 글을 찾다 보니 연관 검색어로 '2003年(년)', '非典(비전)'* 같은 것들이 눈에 띄었다. 코로나19와 사스를 비교하는 글도 여럿 보였다. 지금은 이미 사스와 비교할 수 없을 정도지만 2020년 2월 말, 3월 초만 해도 코로나19가 이렇게까지 전 세계적으로 대유행을 하게 될 것이라고는 상상하지 못했다.

실제로 2020년의 봄은 2003년의 봄과 참 많이 닮았다. 2003년에 나는 베이징에서 어학연수를 하고 있었다. 나름 큰 계획을 가지고 간 첫 연수였지만 사스 때문에 4개월 만에 마무리되고 말았다. 4월 중순 즈음 학기가 중단되었고, 비행기가 끊기고 베이징이 봉쇄된다는 소문이 돌면서 결국 4월 말경 한국으로 돌아왔다. 귀국을 해서도 한 달 가까이 집 밖으로 나가지 않았다. 지금처럼 의무적으로 자가격리를 해야 했던 것은 아니지만 부모님이 집에서 나가지 못하게 했다. 나 역시 딱히 밖에 나가고 싶은 생

* 2003년 유행했던 사스(SARS)의 중국어로, 非典型性肺炎(비전형성 폐렴)의 약자.

각이 없었던 것 같다. 무엇보다 정신적으로 너무나도 피폐해져 있었다.

　　4월 1일 그 사건 이후, 급격하게 퍼지는 사스의 공포 속에서 보낸 4월은 내게 참 슬프고 무섭고 음울한 시간이었다. 이제는 까마득한 시간이 흘렀고 다행히 나는 기억력이 그다지 좋지 않아 많은 것을 잊었지만, 여전히 그때의 음울했던 기분만큼은 부지불식간에 느껴지곤 한다. 특히 2020년의 4월은 마스크를 쓴 사람들의 모습을 보며 자꾸만 그때의 기억을 되새김질하게 된다. 미세먼지 때문에 어쩔 수 없이 써야 했던 마스크를 이제는 아이러니하게도 미세먼지 없이 맑은 파란 하늘을 보면서 쓴다. 활짝 핀 하얀 벚꽃이 무색하게 우울하고 적막한 2020년 4월이었다.

　　아무튼 시리즈를 알게 된 건 하늬 덕분이었다. 중국에서 학위 중인 하늬는 잠시 귀국했다가 코로나19로 중국 입국이 미뤄지면서 한국에 머무르고 있었다. 어느 날 하늬가 나에게 종로의 어느 디저트 카페 이벤트에 당첨이 되었다며 같이 가자고 했다. 우리는 종로3가에서 밥을 먹고, 종각으로 건너와 이벤트에 당첨된 카페에서 디저트를 먹으며 커피를 마셨다. 그렇게 헤어질까 하다가, 시간이 좀 애매해 예전부터 얘기하던 방산 시장에 있는 독립 서점에 가보기로 했다. 그렇게 왔던 길을 되돌아간 덕분에 정말 오랜만에 청계천 길을 걸었다. 코로나19로 사람이 없어 한적하고 깨끗하니 꽤 운치가 있었다. 무엇보다 이렇게 산책을 한 것이 얼마만인지.

서점은 복잡한 시장 건물의 안쪽, 전혀 서점이 있을 것 같지 않은 곳에 있었다. 좁았지만 독특했다. 주인장이 좋아하는 책을 모아두었다고 했다. 이런 곳에서 운영이 잘 되려나 싶으면서도 진짜 좋아서 하는 일인 듯 보여 낭만적이었다. 주인 부부가 우리보다 앞서 온 손님에게 책을 추천하고 책과 관련된 이런저런 이야기를 해주느라 대화 소리가 끊이지 않았다.

반면 나는 그 틈에서 선뜻 손이 나가지 않았다. 언제부터인가 전공서가 아닌 책을 읽는 것이 부담스럽다. 수업을 준비하고 논문을 쓰는 것 외에 다른 책을 읽는 게 사치 같고 왠지 모를 죄책감이 들기 때문이다. 소설 같은 건 그래서 뭔가 큰일을 치르고 나서, 이를테면 공들인 논문이 끝났을 때야 한 번씩 마치 스스로 상을 주듯 읽는 게 전부다.

문득 가볍게 읽을 수 있을 것 같은 작은 책들이

눈에 띄었다. '아무튼….' 이름이 독특했다. 『아무튼, 술』이 제일 먼저 눈에 들어왔다. 술이라….

나도 술을 꽤 좋아했고, 한때 술 잘 먹는 사람으로 불렸다. 회사에 다니던 시절 팀장님을 모시고 중국 손님들이 있는 십여 개 테이블을 돌며 바이주(白酒)를 마신 적이 있는데 당시의 팀장님은 지금도 이 일을 무용담처럼 이야기하신다. 중국에서 공부할 때도 '혼술'을 꽤나 즐겼다.

그러나 사실 나는 술을 잘 마시는 편이 아니다. 그런데다 다시 공부를 시작한 뒤로는 주변에 술을 마시는 사람이 없어 점점 술 마실 일이 줄어들었고, 아쉽지만 이제는 정말 술을 잘 못 마시는 사람이 되었다.

"자기가 좋아하는 것을 주제로 쓴 에세이예요. 시리즈로 나오고 있어요."

내 관심을 눈치챘는지 주인장이 말을 걸어왔다. 외국어, 하루키, 비건, 요가…. 주제도 참 다양하다. 뭔가를 좋아하는 것만큼은 나도 제법 잘하지 않았던가. 무엇보다 비전문가들이 쓴 에세이라고 하니 불쑥 욕심이 난다.

"『아무튼, 장국영』써볼까?"

"오, 언니 짱인데요!"

하늬가 특유의 발랄함이 가득 담긴 말투로 대답했다. 주인장이 '장국영'이란 말에 반응을 한다.

"장국영 팬이세요?"

"이 언니가 장국영 엄청 좋아해요."

그 말을 듣더니 자신들도 장국영의 영화와 노래를 무척 좋아했다며 앨범도 가지고 있다고 하신다. 역시… 꺼거의 인기란.

'꺼거'는 장국영의 애칭이다('오빠'라는 뜻의 '哥哥'는 외래어표기법대로 쓴다면 '거거'가 맞지만, '오빠'를 나타내는 일반명사라기보다 이미 '장국영'을 지칭하는 일종의 고유명사처럼 사용되니 여기서도 습관대로 '꺼거'로 쓰기로 한다). 영화 〈천녀유혼〉 촬영 당시 왕조현이 처음 '꺼거'라고 부르기 시작한 뒤로 꺼거는 장국영의 공식 애칭이 되었고, 우리는 여전히 그를 '꺼거 장국영'이라 부른다. 뿌듯한 마음을 숨기며 되물었다.

"그런 책을 누가 볼까요?"

"저는 보고 싶을 것 같은데요? 『아무튼, 장국영』."

사실 꺼거와 관련된 책은 이미 몇 권이 나와 있다. 중국에는 셀 수 없이 많고, 한국에서도 그 유명한 주성철 편집장의 『그 시절 우리가 사랑했던 장국영』이며, 한 오랜 팬이 꺼거의 발자취를 찾아가며 쓴 홍콩 여행기 『홍콩, 장국영을 그리는 창』이 있다. 광둥어 교양서 『장국영의 언어』는 꺼거의 팬인 한 중문과 선생님이 쓰신 책이다. 처음에 꺼거 팬이라는 사실을 알고 얼마나 반가워했는지 모른다.

이런 책들을 보면서 늘 부러웠다. '나도 언젠가' 하고 생각했지만 쉽게 엄두가 나지 않았다. 누구보다 꺼거를 좋아했지만 막상 꺼거와 관련된 무엇인가를 책으로 엮기에 나는 그만큼 성실하지도 열정적이지도 않았기 때문이다. 그래도 이 정도 에세이라면, 20주기를 기념하는 나만의 방식으로 시도해 볼 수 있지 않을까.

20주기. 그렇다. 2003년 4월 1일 그날 이후, 긴긴 시간이 흘러 어느덧 20주기를 앞두게 되었다. 물론 아직 조금 이른 감이 있지만, 지금쯤 시작하면 그때쯤에는 뭔가 의미 있는 기념물이 만들어지지 않을까.

독립 서점을 다녀오고 아직 그 여운이 채 가시지 않은 어느 저녁, 꺼거 오픈채팅방에 사진이 한 장 올라왔다. 중국의 어떤 사이트에서 본 사진이란다. 꺼거의 옆모습이었다. 옆에 있는 사람들은 다 블러 처리를 했다. 누군가 '꺼거를 직접 보면 저런 모습이 아닐까' 하고 댓글을 달았다. 그리고 그 밑에 직접 찍은 사진 같다는 댓글도 보였다. 그런데 이거, 어디서 많이 본 사진이다. 어라? 내가 찍은 거 같은데? 서재 한쪽 구석에 둔 꺼거의 사진집을 꺼내 뒤졌다. 역시나 내가 찍은 사진이다. 1999년 영화 〈성월동화〉 홍보차 꺼거가 내한했을 때 신라호텔 로비에서 기다리다가 찍은 것이다.

이 사진을 이렇게 보다니. 마음이 복잡하다. 그날의 기억이 떠올랐다. 그때 같이 다녔던 팬 언니가 사진을 공유하자면서 사진이었는지 필름이었는지를 복사해서 나눠 가졌는데, 나중에 그 언니가 이 사진을 중화서국*에 팔았던 것이다. 한참 후에 그 사실을 알고 나서 조금 억울했지만 별말을 하지 못했다. 그리고 세월이 흘러 그렇게 잊고 있었다.

그랬던 사진을 20년 넘게 지난 2020년에, 그것도 하필 꺼거의 기일이 있는 4월에, 한국 팬이 중국 사이트에서 보고 내가 있는 오픈채팅방에 공유를 한 것이다. 사진첩을 본 김에 옆에 있던 꺼거 자료들

---

* 서울 명동에 위치한 중국과 홍콩 등 중화권 연예인들의 사진이나 자료를 팔던 곳으로, 나도 종종 그곳에서 사진이나 잡지 같은 것들을 구입했다.

을 꺼내 보았다. 마지막으로 본 게 언제였지? 먼지가 적지 않게 쌓여 있었다. 잡지며 신문이며 하나하나 스크랩해서 모아둔 파일들이 다 그대로였다. 이제는 까마득한 옛일이 되어버린 그 자료들을 다시 보고 있자니 어쩐지 가슴 한구석이 먹먹해졌다.

한참을 이것저것 보다가 삐뚤삐뚤 어설픈 중국어로 쓴 편지를 발견하고는 한참을 웃었다. 꺼거가 한국에 왔던 두 해, 이제 막 중국어를 공부하기 시작했던 나는 학교 중국어 선생님을 붙잡고 중국어로 꺼거에게 편지를 썼었다. 지금 보니 맙소사, 한자를 쓴 게 아니라 그림을 그렸네? 꺼거가 과연 알아볼 수 있었을까?

꺼거를 보고 와서 반 모둠일기장에 다섯 장 넘게 써놓은 글도 있었다. 당시의 흥분이 그대로 느껴졌다. 양조위를 좋아했던 친구와 금성무를 좋아했던 친구 그리고 나까지 셋이서 돌려가며 쓴 가상 소설도 있었다. 언젠가 미술 시간에 판화를 한다면서 밑그림으로 그렸던 꺼거의 그림도….

세상에나, 맞아. 나는 이렇게나 장국영을 좋아했었다. 괜히 눈물이 찔끔 났다. 잊고 있던 나를 다시 만난 느낌이었다. 그리고 나는 지금도 정말로 장국영을 좋아한다.

그렇게 한참을 있었는지 시간이 새벽 3시를 넘어가고 있었다.

　　글이 적힌 종이 몇 장과 그림을 챙겨서 방으로 돌아왔다. 가슴이 마구 쿵쾅거렸다. 하고 싶은 말이 너무 많아 생각이 꼬리에 꼬리를 문다. 할 얘기도, 기억하고 싶은 얘기도 너무 많다. 쉬이 잠이 올 것 같지 않다.

‘팬질’의 서막

내가 어렸을 때만 해도 MBC에서 방영하던 〈주말의 명화〉를 보는 토요일 밤은 온 가족이 말 그대로 한자리에 모여 주말을 즐기는 시간이었다. 나 역시 매주 토요일 밤이면 유난히 액션 영화를 좋아했던 아빠와 함께 〈주말의 명화〉를 꼭 챙겨 보곤 했다. 영화가 뭔지도 잘 모르던 어린 시절이었지만, 온 가족이 TV 앞에 모이는 그 한 시간 반 남짓한 시간이 그렇게 기다려졌다.

1990년대 초 SBS 방송국이 개국하면서 당시로서는 매우 파격적으로 토요일이 아닌 금요일 저녁에 영화를 방영하기 시작했다. 그때는 토요일에도 학교를 가고 출근을 하던 시절이었으니, 주말의 시작을 알리는 상징이라 할 수 있는 '주말의 영화'를 금요일로 옮기는 건 꽤 도전적인 결정이었을 것이다. 그래서인지 SBS의 영화 프로그램인 〈영화특급〉은 타 방송사에 비해 예고편을 상당히 많이 내보냈다. 어쨌든 주말에 TV로 영화를 더 많이 볼 수 있으니 나로서는 나쁠 게 없었다.

그 주는 좀 유난했다. 이상하리만큼 영화의 예고편을 많이 봤다. 시간대가 맞았는지 TV를 켤 때마다, 채널을 돌릴 때마다 〈천녀유혼〉 예고편이 나왔다. 홍콩 영화라고? 나도 모르게 이번 주는 반드시

봐야겠구나 생각했던 것 같다. 평소라면 기껏해야 두세 번이나 볼까 말까 한 예고편을 그 주는 못해도 다섯 번은 넘게 봤으니 말이다. 금요일이 더 기다려졌다.

그렇게 기다리고 기다리던 금요일이었는데, 하필 금요일 저녁에 집에 손님이 오셨다. 친척 할아버지였다. 정말 오랜만에 오셨거나 아니면 우리 집에 처음 오셨던 것 같다. 엄마가 분주히 손님을 맞은 기억이 난다.

할아버지는 엄청 큰 벽시계를 들고 오셨다. 집에는 큰 시계가 있어야 잘산다고 하셨던가(참고로 중국에서는 벽시계를 선물하는 것이 금기시된다. '시계를 선물하다'라는 뜻의 '送钟'의 발음이 '장례를 치르다'라는 뜻의 '送终'의 발음과 같기 때문이다). 공부 열심히 하라며 내 손에 용돈도 쥐어주셨다.

저녁 식사를 하고 과일도 먹고 차도 마셨는데, 오랜만에 뵌 할아버지는 이런저런 말씀을 이어가시며 당최 돌아가실 생각을 하지 않으셨다. '영화 시간이 다가오는데…. 왜 안 가시지? 할아버지가 가셔야 영화를 볼 수 있을 텐데.' 마음이 점점 조급해졌다. 결국 영화는 시작되었고, 아쉽지만 볼륨을 최소로 줄인 채 화면만 뚫어져라 볼 수밖에 없었다.

얼마나 지났을까. 드디어 할아버지께서 일어나셨다. 집을 나서는 할아버지께 인사도 하는 둥 마는 둥 하고는 재빨리 거실로 돌아와 TV 앞에 자리를 잡고 앉아 볼륨을 올렸다. 예의 없이 할아버지께 인사도 제대로 하지 않았다며 엄마에게 꾸지람을 들었다. 꾸지람이고 뭐고 대충 건성으로 대답을 하면서도 나의 눈은 TV 화면을 떠나지 않았다. 나는 어느새 목을 길게 빼고 이 환상적이고 낭만적인 영화에 빠져들었다.

20년도 넘게 지난 일이지만 이상하게도 그날 저녁의 초조함은 생생하게 기억에 남아 있다. '할아버지는 왜 하필 오늘 오신 거야'라며 철없이 중얼거리던 나의 볼멘소리가 귀에 들리는 듯하다.

그날 밤 그 어수룩하고, 귀엽고, 착해 보이는 영화 속 얼굴이 내내 머릿속을 맴돌았다. 지금이야 원하는 영화를 언제든 스트리밍으로 볼 수 있지만 그때는 영화를 보려면 비디오 가게에 가서 비디오테이프를 빌려서 봐야 했다. 특히 신작이나 인기 영화라면 며칠씩 기다려야 하는 일도 다반사였다.

나는 다음 날 비디오 가게가 문을 열기가 무섭게 달려가 그 배우가 출연한 비디오를 빌려 왔다. 〈영웅본색 2〉였다. 하필 〈영웅본색 1〉은 대여 중이어서 할 수 없이 다음 순서를 예약해두고, 2편을 먼저 빌려 온 것이었다. 그리고 전날 본 〈천녀유혼〉 속 수줍고 어리숙한 서생과는 너무나 다른, 강인하면서도 애틋한 젊은 경찰의 모습에 나는 완전히 반해버렸다.

그 유명한 공중전화 부스 신에서 어찌나 대성통곡을 했던지 같이 비디오를 보던 동생이 깜짝 놀라서 휴지를 건네줄 정도였다. 그날 눈물 콧물을 쏙 뽑은 나는 그 뒤로 하루가 멀다 하고 비디오 가게를 들락날락하며 그의 영화를 섭렵하기 시작했다. 다른 많은 사람이 그랬듯 전혀 특별하지 않은, 나의 장국영 사랑은 그렇게 시작되었다.

그날 집에 손님이 계신데도 불구하고 왜 그렇게까지 〈천녀유혼〉을 보려고 애를 썼는지 지금 생각해도 참 신기하다. 그다음 날 본 〈영웅본색 2〉도 마찬가지다. 영화의 완성도나 상징성으로 보자면 〈영웅본색 1〉이 월등하게 더 훌륭할지도 모른다. 하지만 〈영웅본색 2〉에서 총에 맞은 아걸이 죽어가며 방금 아이를 낳은 아내와 통화하는 장면은 너무나 애틋하고 슬펐다. 마지막 순간 지어준 아이의 이름, "송…호연…." 나도 혼자 그 이름을 얼마나 따라 불렀는지.

만약 〈영웅본색 2〉의 애절한 공중전화 부스 신이 아니라 〈영웅본색 1〉의 철없고 조금은 이기적인 모습을 먼저 봤다면, 과연 이렇게까지 꺼거를 좋아하게 되었을까 생각하기도 한다. 거창하게 운명이라 하기에는 너무나 평범했던 두 번의 우연이 내게는 묵직하게 한 방 그리고 또 한 방, 타격감 200퍼센트의 연타가 되었다.

홍콩 배우 장국영에게 빠져, 여느 여학생 팬들이 그렇듯, 나의 열렬한 '팬질'이 시작되었다. 비디오란 비디오는 전부 다 빌려 몇 번을 보았고, 당시 가장 최근 발매된 앨범인 〈총애 장국영〉을 사서 테이프가 늘어지게 들었다. 〈총애〉는 장국영이 부른 영화 OST를 모은 앨범인데 귀가 닳도록 들은 익숙한 노래들을 영화 속에서 다시 만났을 때 정말 행복했다.

「스크린」, 「키노」 같은 영화 잡지를 사 모으고, 신문 기사를 찾아 스크랩했다. TV에서 장국영이 나오는 영화나 〈연예가중계〉 같은 연예 정보 프로그램, 특히 중화권 노래를 전문적으로 틀어줬던 〈동방특급〉이 하는 날에는 빠짐없이 TV 앞에 대기하고 있다가 비디오테이프에 녹화를 했다.

또 그 시절 여중, 여고생들이 그랬듯 라디오도

열심히 들으며 꺼거의 소식이나 노래를 녹음하기도 했다. 당시 내가 꼭 챙겨 들었던 라디오 프로그램인 〈PBC 영화음악〉에는 꺼거에 대한 사연을 보내 소개도 되고, 심지어 선물도 몇 차례 받았다.

생각해보면 나는 라디오에 아기자기한 사연을 보내거나 꼼꼼하게 자료를 정리하고 글을 쓰는, 그 시절 낭만적인 소녀의 기질을 타고나지 않았음에도 (오히려 그와는 정반대인 것 같다) 그런 나의 본성을 이겨낼 정도로 꺼거에 대한 마음이 컸던 것 같다. 무엇보다 에너지 넘치는 중·고교 시절이었기에 가능했던 일이리라.

사실 내가 꺼거를 알게 된 건 꺼거의 초기 전성기였던 1980년대 말, 1990년대 초가 다 지난 후였다. 그것도 〈총애〉를 발매하고 한국을 방문한 직후였다. 조금만 더 빨리 꺼거를 알았다면 얼마나 좋았을까. 그 귀한 기회를 놓친 것을 알고 얼마나 안타까웠는지 모른다.

그보다 전인 1989년에는 한국에서 무려 광고도 찍었다. 덕분에 투유 초콜릿 매출이 수백 배 올랐다고 한다. 나도 어렸을 적 봤던 초콜릿 광고의 카피가 어렴풋이 기억이 났다. '사랑을 전할 땐 투유 초콜릿'이라고 했던가(그 뒤로 유덕화도, 당시 한창 잘나

간 가수 더블루, 배우 이영애도 투유 초콜릿 광고를 찍었다. 밀키스라는 음료를 기억하지 못해도 주윤발 형님의 '사랑해요, 밀키스' 광고 카피를 기억하는 사람이 많다. 그때는 정말 홍콩 배우의 전성기였다). 또 가수 이선희와 조인트 콘서트를 하고 이선희의 'J에게'를 불러 화제가 되었다고도 했다. 이 모든 것을 다 놓치고 너무 늦게 꺼거를 알게 된 것이 어지간히 속이 상했다.

지나간 일은 너무나도 안타까웠지만 그래도 1990년대 중후반까지는 여전히 홍콩 영화의 인기가 상당했던 시절이었다. 꺼거도 마침 은퇴했다 복귀해 가수로서, 배우로서 활발하게 활동했다. 외국 연예인이라고는 해도 볼 것과 들을 것이 제법 많았다. 지금 생각하면 더없이 좋은 시절이었다.

이 모든 과정을 함께한 친구가 바로 문숙이다. 중학교 같은 반 친구였던 문숙이와 나는 학교 수업이 끝나면 매일같이 비디오를 빌려 함께 보고, 노래를 듣고, 자료를 찾았다. 아무것도 모르면서 팬클럽에서 하는 영상회를 따라다녔고, 역사적인 꺼거의 내한을 함께 경험했으며, 영화가 개봉할 때마다 같이 극장을 찾았다.

미성년자 관람 불가 영화였던 〈풍월〉이 개봉했을 때는 매표를 거부당해서 극장 앞에서 발을 동동

굴렀다. 그런 우리를 본 극장 직원이 다른 영화를 보면 선물을 주겠다고 해서 〈풍월〉 포스터와 메이킹 필름이 담긴 기념 비디오를 선물로 받은 것에 만족해야 했다.

그때의 실패를 교훈 삼아 〈해피 투게더〉(중국어 제목은 〈춘광사설(春光乍泄)〉) 개봉 때는 대담하게 극장에 숨어 들어가는 모험을 감행하기도 했다. 저기 대학생으로 보이는 오빠에게 부탁해서 표를 사고, 비상계단을 통해 상영관에 들어가려는 계획이었다. 그러나 두근대는 가슴을 안고 계단을 다 올라가서야 비상계단 쪽에도 검표원이 있다는 사실을 알게 되었다. 검표원에게 딱 걸려 영화도 못 보고 되돌아 내려올 때는 계단이 너무나 길게 느껴졌다. 자꾸 미성년자 관람 불가 영화를 찍는 꺼거가 야속했다.

그래도 우리는 여전히 꺼거가 좋았고, 많은 시간을 함께 보냈다. 꺼거의 〈총애〉 앨범을 수없이 반복해서 듣다 보니 중국어를 전혀 몰랐으면서도 우리는 어느새 노래를 흥얼흥얼 따라 부르기에 이르렀다. 뜻은 앨범에 써 있는 번역을 보면 알겠는데, 흥얼거리기는 했지만, 제대로 된 발음을 따라할 수가 없어서 너무 답답했다. 그러던 중 마침 문숙이 어머니의 아는 사람인가, 그 아는 사람의 아는 사람인가

가 중국어를 할 줄 안다는 희소식을 들었다. 우리는 냉큼 〈총애〉속 노래의 가사를 한국어로 적어 달라고 부탁을 했고 고맙게도 그분은 우리의 부탁을 흔쾌히 들어주었다.

　하루, 이틀, 한 주, 두 주…. 생각보다 오랜 시간이 지났을 것이다. 마침내 〈총애〉에 수록된 열 곡(한 곡은 영어 노래였으니 정확히는 아홉 곡)의 가사를 한국어 발음으로 받아 적은 종이 뭉치를 전달 받았다. 문숙이와 둘이 그 종이를 복사해 하나씩 나눠 가지고서 얼마나 좋아했던지. 우리는 그 종이가 닳고 닳도록 보면서 신나게 노래를 따라 불렀다. 물론 꺼거의 노랫소리와 종이에 적힌 노랫말이 그다지 일치하지 않는다는 것을 귀로도 알았고 눈으로도 알았다. 그래도 그렇게나마 따라 부를 수 있는 것이 너무나 기뻤다.

　사실 〈총애〉에 담긴 곡은 푸퉁화(普通话)* 노래가 반, 광둥어 노래가 반이었다. 가사를 전달 받는 데 그만큼 시간이 걸렸던 것을 보면, 짐작건대 중국

---

* 북경어음을 표준음으로(발음), 북방화를 기초 방언으로(어휘), 전형적인 현대 백화문 작품을 문법 규범(문법)으로 하는 중국의 표준어.

어를 할 줄 안다던 그분은 아마도 푸퉁화를 하는 사람이었을 것이다. 푸퉁화와는 전혀 다른 광둥어 발음을 받아 적는 것은 그분에게도 상당히 까다로운 일이었으리라. 흔쾌히 허락했다는 것은 우리의 착각이고, 모르긴 몰라도 적지 않은 시간과 공이 들었을 것이다. 그런 것을 순전히 선의로 해주었으니 정말 고맙고도 미안한 일이다. 얼굴도 모르는 그분께 지금이라도 감사의 말을 전하고 싶다.

그렇게 나는 10대 시절 내내 꺼거의 흔적을 쫓았다. 전혀 특별하지 않았던 어느 주말 밤에 본 영화 한 편, 우연히 빌려 본 비디오 한 편으로 시작된 나의 '장국영 앓이'는 여느 10대들이 그렇듯이 열정적이고 맹목적이었다. 그리고 이 '열병'은 여전히 떠올리기만 해도 가슴 뛰게 하는 10대를 지나 20대, 30대까지 줄곧 의리 있게 이어졌다.

특히 그 시절 나는 꺼거를 만나겠다는 일념으로 고등학교, 대학교, 대학원 진학을 모두 결정해버렸다. 남들은 갈팡질팡하고 심사숙고한다는 그 중요한 진로를 그렇게 간단하게 결정한 걸 보면 나의 팬심도 어지간하긴 했던 모양이다. 그래도 그 덕분에 오늘의 내가 있으니, 순간의 결정치고는 꽤 괜찮은 선택이었다고 할 수 있을지도 모르겠다.

　　그만큼 무지했지만 그만큼 순수하고 뜨거웠던 나의 10대. 그래서 나는 감히 그 금요일의 밤을, 그 비디오 한 편을 운명이라 한다.

7년 뒤에 만나요

20년이 넘는 오랜 팬이지만 나의 꺼거 사랑이 가장 뜨거웠던 때는 아무래도 고등학교 시절이었지 싶다. 그 시절 나의 장국영 사랑은 정말이지 매우! 유명했다. 중국 경제가 급성장하면서 중국에 대한 기대가 점차 커지던 시기였고, 홍콩 영화의 인기가 아직은 상당했기에 중국이나 홍콩 연예인을 좋아하던 친구들이 몇몇 있었다. 하지만 양조위 부인, 금성무 부인 등 몇몇 부인들 중에서도 장국영 부인인 나의 사랑은 단연 독보적이었다.

　돌이켜보면 말도 안 되는 스토리지만, 한때 유행했던 하이틴 연애소설을 흉내 내 장국영 부인은 양조위 부인, 금성무 부인 등과 함께 각자 '남편'과의 사랑 이야기를 꽤나 진지하게 돌림 일기로 썼다. 기자를 자처한 친구가 그런 나와 꺼거의 이야기를 기사 형식으로 써서 생일 선물로 주기도 했다. 홍콩의 대스타 장국영과 그의 비밀스런 한국인 연인의 러브 스토리 기사다. 디스패치 뺨치는 이 '기사'를 보고 있자면, 우리의 그 시절이 너무나 진지하고 애틋해 나도 모르게 웃음을 짓게 된다.

　그렇게 나는 고등학교 내내 수학 문제를 푸는 친구 옆에서 영화 잡지를 들척였고, 토이나 넥스트 노래를 듣는 친구 옆에서 알아듣지도 못하는 홍콩 노래를 흥얼거렸다. 그런 내 모습이 갸륵했던지 내 생일이면 친구들은 꺼거의 영화 소개나 인터뷰가 실린 잡지 또는 꺼거의 시디를 선물해주었다. 꺼거를 향한 사랑 덕분이었을까. 나는 다른 과목은 몰라도 중국어 성적만큼은 상당히 우수한 편에 속했다. 역시 좋아하는 것 이상으로 무언가를 잘하는 왕도는 없는 모양이다.

몇 해 전에 그런 내 모습을 데칼코마니처럼 닮은 영화를 보고 실소를 금치 못한 적이 있다. 바로 〈나의 소녀시대〉다. 유덕화 부인을 자처하며 열심히 유덕화의 사진과 잡지, 앨범을 모으는 여자 주인공 린전신에서 '유덕화'만 '장국영'으로 바꾸면 정말 과장을 1도 안 보태고 딱 그 시절의 나다.

〈나의 소녀시대〉는 〈말할 수 없는 비밀〉, 〈그 시절, 우리가 좋아했던 소녀〉의 계보를 잇는 대만 청춘물로 영화 주제곡은 물론이고, 남자 주인공 쉬타이위 역을 맡은 왕대륙이 한국에서도 인기몰이를 했다. 여기저기에서 호평 일색인 데다 실제로 내 주변에서도 재미있다는 이야기가 많았지만, 이상하게도 선뜻 손이 가지 않아 보기를 미뤄오던 영화였다.

이미 30대가 되어버린 나에게는 고등학생들의 풋풋한 사랑 이야기가, 순수하다기보다 어리석어 보이기만 한 그 시절의 모습이 너무 비현실적이고 이질적이라고 느껴졌던 것 같다. 아니면 이제 다시는 돌아가지 못할 그 시절에 대한 질투가 있었는지도 모르겠다. 그렇게 한참을 미루다가 게으름이 피우고 싶어 하루 종일 기숙사 방에서 한 발자국도 나가지 않았던 어느 주말 오후, 침대에 누워 노트북을 켜고 영화를 틀었다.

그런데 맙소사, 이 영화 뭐지? 업무에 찌든 직장인 린전신이 회사를 박차고 나오는 영화의 첫 장면부터 천방지축 유덕화 부인으로 살아가는 고등학생 린전신의 모습까지 모든 장면이 익숙하기 그지없었다. 호기롭게 사직서를 내고 회사를 나왔던 수년 전의 내 모습, 장국영 부인으로 이름을 날렸던 고등학생 시절의 내 모습이 너무나도 생생하게 영상화되어 눈앞에 그려지고 있었다.

뻔할 거라 지레짐작했던 나는 어느 면에서는 지독하게도 현실적인 이 영화에 순식간에 몰입하고 말았다. 그리고 정말 어이없게도 영화를 다 보고 나서는 심지어 펑펑 울어버렸다.

성인 린전신이 그토록 좋아했던 유덕화와 우연인 듯 필연처럼 조우하는 운명 같은 만남에서… 그리고 유덕화의 팬임을 숨기려다가 너무 적나라하게 들켜버려 부끄러워하는 린전신의 모습에서… 자기의 팬임을 알아보고 먼저 사진을 같이 찍자던 유덕화의 모습에서… 마침내 유덕화의 콘서트장으로 들어가는 마지막 장면에서….

나도 린전신처럼 성인이 되어 꺼거를 만날 수 있었다면, 저렇게 우연처럼 꺼거와 만날 수 있었다면 얼마나 좋았을까. 상상밖에 할 수 없는 그 모습을 그리며 현실의 나와 너무 닮은, 그러나 나와 너무 다른 린전신을 보며 부러움인지 슬픔인지 모를 복잡한 감정이 들어 그날 밤새 잠을 이루지 못했다.

영화 속에서 린전신은 성인이 되어 유덕화를 직접 만나고 그토록 원하던 콘서트를 보게 된다. 하지만 나는 꺼거의 콘서트에 가보지 못했다. 장국영의 팬으로 살아온 20여 년 동안 가장 후회되고 아쉬운 일이다.

그럼에도 작은 위안이라면 내한한 꺼거를 두 번이나! 만난 것이다. 첫 번째는 1998년 발매한 앨범 〈쁘렝땅(Printemps)〉 홍보를 위한 내한이었고, 두 번째는 1999년 영화 〈성월동화〉 홍보를 위한 내한이었다. 돌이켜보면 꺼거가 그렇게 두 해를 연이어 내한한 것은 나에게 너무나 큰 행운이었다. 훗날 내가 직접 홍콩에 찾아갈 날을 기다려주지 않았으니까….

꺼거의 내한을 앞두고 나는 그 시절 여고생이 생각할 수 있는 최고 수준의 철저한 준비에 돌입했다. 꺼거에게 줄 선물을 준비하고, 수줍은 편지를 썼으며, 꺼거와 나눌 한마디를 위해 중국어를 연습했다.

첫 만남의 선물은 미술 시간에 만든 패왕과 우희 인형이었다. 찰흙으로 빚어 만든 인형에 비단(느낌이 나는) 천을 떼다가 자르고 깁고 붙여서 옷을 만들어 입히니 꽤 그럴싸했다. 그걸 간직하고 있다가 꺼거 내한에 맞춰 약간의 보수를 하고, 엄마를 졸라 특별히 제작한 유리 박스에 담았다. 크기가 거의 작은 사과 상자만 했다.

선물이 준비됐으니 이제 선물과 함께 전달할 중국어 편지가 필요했다. 그때쯤 나는 꺼거와 공식적으로 당당하게 만날 수 있는 방법이 무엇일까를 진지하게 고민하고 있었다. 한참을 고민한 끝에 생각해낸 것은 다름 아닌 통역사였다. 왜 꼭 통역사라고 생각했는지 모르겠지만 외국인과 떳떳하게 만날 수 있는 방법은 통역사가 되는 것뿐인 줄 알았다. 남은 고등학교 2년과 대학 4년, 나름 중국 연수 1년을 더해 7년 후에 통역사가 되어 찾아가겠다는 호기로운 편지를 썼다. 7년이라니…. 그때는 그 시간쯤 지나면 내가 '중국어 천재'가 되어 있을 거라고 생각했다. 7년은커녕 십수 년이 지난 지금도 중국어는 어렵기만 한데 말이다.

내용은 충분히 아름다웠지만 막 중국어를 배우기 시작한 내가 이 내용을 제대로 된 중국어로 쓸 수 있을 리 만무했다. 사전과 교과서를 뒤져가면서 내 나름으로는 최선을 다해 쓴 편지를 들고 교생 선생님을 찾아갔다. 집 서재에 고이 모셔놓은 자료 중에는 그때 교생 선생님이 고쳐주신 편지도 있다. 이 말도 안 되는 글을 고치느라 당시 교생 선생님이 얼마나 고생을 하셨을지 참 미안하다. 차라리 그냥 한국어로 써서 가지고 갈 것을. 노력은 가상했으나… 그저 허허허.

그리고 중국어 선생님께 하사 받은 "7년 뒤에 만나요(我们七年后见面吧!)"라는 말을 외우며 리허설을 했다. 리허설이라고 해서 대단한 건 아니었고 지나가는 반 친구들이며 선생님들 아무나 붙잡고 다짜고짜 중국어로 "7년 뒤에 만나요"라고 말했다. 마침 수학여행을 다녀오는 길이었는데 서울로 돌아오는 기차에서 담임 선생님께 난데없이 악수를 청하며 "꺼거, 니하오!"를 외친 기억이 난다. 이 어이없는 상황에도 호응해주신 담임 선생님의 어색한 웃음이 아직도 눈에 선하다. '나 중국어 몰라'를 온몸으로 표현하며 "셰셰"라고 대답해주셨던가.

수학여행에서 돌아온 다음 날은 마침 학교 임시 휴일이었다. 그리고 바로 꺼거의 사인회가 있는 날이다. 이렇게 운이 좋을 수가!

드디어 디데이. 하지만 요란스러웠던 준비 과정에 비해 정작 꺼거와의 첫 만남은 그다지 성공적이지 못했다. 그때 나는 너무 어렸고 처음이라 모든 것이 서툴렀다. 비가 주룩주룩 내리던 날, 강남역에 있는 타워레코드 앞에 줄을 서서 몇 시간을 기다렸다. 특별히 준비한 패왕별희 인형에 물이라도 들어갈까 노심초사했다.

주변 사람들을 붙잡고 그렇게 연습하고 속으로도 수없이 되뇌었던 말인데, 정작 꺼거 앞에서는 한마디도 하지 못했다. 나는 원래 긴장을 잘 안 하는 편인데 그날은 정말이지 완전히 얼음이 되어버렸다. 그래도 사인도 받고, 악수도 하고, 선물도 줬으니 됐다며 자위해본다. 너무 긴장한 탓에 자세한 건 기억이 안 나지만 패왕별희 인형을 보고 꺼거가 깜짝 놀랐던 것만은 분명히 생각난다. 그래도 꽤 인상 깊은 선물이 아니었을까. 물론 그렇게 한 번 놀라고 그대로 폐기 처분됐을지도 모르지만.

그날의 기억은 우리 반 모둠일기로 생생하게 남아 있다. 얼마나 흥분을 했던지 지금도 이 글을 보고 있자면 마치 타임슬립이라도 한 듯 그날의 전율이 또렷하게 느껴진다. 그 일부를 옮겨본다.

여러분 안녕!

오래 기다렸지? 자, 그럼 유정이의 특별한 이틀, "Leslie in Korea, in my heart"를 시작하겠어.

5월 15일이 오빠를 처음으로 본 환상의 날이었다면, 5월 16일 팬 사인회는 오빠와 처음으로 마주 선, 말 그대로 역사적인, 내 삶에 한 획을 긋는 날이었어.

행운인지 그날 우리 학교는 모처럼 휴일을 맞이했고, 덕분에 마음 놓고 그날을 기다릴 수 있었어. 아마 아침 7시 30분쯤이었을 거야. 내가 타워레코드에 도착한 시간이. 6시간이나 일찍 도착하고, 더구나 비까지 내렸는데도 이미 내 앞에는 몇몇 팬들이 기다리고 있었어. 음, 일본에서 온 팬도 있었는데, 보아 하니 어젯밤부터 와 있었나 봐. 진짜 자리를 깔고 앉아 있더라고!

11시가 좀 못 됐을 때야. 갑자기 타워레코드에서 어떤 아저씨가 나오더니 시디를 사야 사인을 받을 수 있다는 거야. 말도 안 돼~ 레슬리(Leslie, 장국영의 영어 이름) 팬은 이미 다 샀다고!

근데 막무가내로 지금 시디나 테이프를 사는 사람만 사인을 해준다고, 그것도 타워레코드에서 사야 되고, 어제 산 것도 소용없고 무조건 지금 당장 사야 번호표를 준다는 거야. 더 웃긴 건 하루 사이에 시디 가격이 2천 원이나 올랐다는 거지. 이런 도둑놈들!

그런데 앞에 있던 한두 명이 시디를, 테이프를 사기 시작했어. 그러더니 진짜로 번호표를 받아오는 거야. 맙소사. 줄 서 있던 사람들이 술렁거리기 시작했어.

"이게 뭐야?"

"록(Rock 레코드, 장국영의 소속사)에 전화해야 되는 거 아냐?"

잠시 망설이던 사이에 테이프가 불티나게 팔려나가기 시작했어.

"빨리 테이프라도 사야지, 안 그러면

사인은커녕 얼굴도 못 봐."

옆에 있던 언니가 말했어. 어쩔 수 없이 울며
겨자 먹기로 친구 몫까지 테이프 세 개를 샀어.
나쁜 놈들.

12시가 좀 안 돼서 매장에 있던 오빠의 모든
시디와 테이프, 옛날 음반까지 모조리 동이
났어.

근데 내 친구들이 보이지 않는 거야. 사람들이
많아서 찾지도 못하겠고, 번호표 없으면 사인 못
받는데. 손에 번호표를 들고 안절부절못했지.

1시 8분쯤 드디어 앞 번호부터 타워레코드
안으로 들어가기 시작했어. 나는 40번이었거든.
그래서 처음부터 입장. 드디어… 드디어….

넘쳐나는 인파 속에서 친구 만나기를 포기한
나는 안으로 들어갔고, 한쪽에 열려 있는 작은
문으로 오빠가 나타날 거란 소리에 카메라를
들고 열심히 초점을 맞췄어. 그때였어. 갑자기
밖에서

"우와!!!" "오빠~~~" 하는 엄청난 소리가
들려왔어.

그리고 드디어 나의 레슬리가 들어왔어.
정문으로!!!!!

컥! 숨이 막혀왔어. 장내는 순식간에 쥐 죽은 듯이 얼어붙었고 몇몇 사람들과 악수를 나누는 오빠의 모습은, 아 이게 정말 현실이란 말이야?!!! 오빠의 모습은 그야말로 눈이 부셨어. 맨 처음 오빠의 눈이 보였어. 너무너무 크고 예쁜 눈. 반짝반짝 깊게 빛나는 오빠의 눈이 내 눈에 들어왔고. 그걸로 끝. 더 이상 내 눈에는 아무것도 보이지 않았으니까.

내 품에 한아름 안아도 모자란 커다란 선물을 꺼냈어. 부들부들 떨고 있는 내 손. 그 앞에서 오빠가 웃는다. 사인을 해주며. 힘겹게 유리 상자(안에는 패왕과 우희가 있었지)를 안고 있는 내게 관계자가 손짓을 했어.

"네 차례야, 어서 와."

내가 시디 케이스를 열지 못하고 있으니까 옆에 서 있던 언니가 "내가 가져다줄게" 하고 시디를 가지고 갔어.

"아이고, 이건 내가 가지고 가지."

그 옆에 있던 아저씨가 한숨인지 놀라움인지 모를 감탄사를 내뱉으며 내 선물을 가지고 갔어.

"어!"

오빠와 난 그렇게 마주 섰어. 우리 사이에 어느

누구도, 그 어떤 것도 없이, 그렇게 마주하게 된
거야. 열심히 사인을 하는 오빠의 모습이 꿈을
꾸는 듯, 영화를 보는 듯 그랬어. 고개를 들고
내게 사인한 시디 재킷을 건네면서 웃어주는
오빠에게 나는 불쑥 손을 내밀었어.

근데 그만 손이 부딪혀 재킷이 떨어져버렸어.
앗!!! 악수를 해야 한다는 생각에 시디 재킷을
받는 것도 잊어버린 거야. 어쩜 좋아. 근데
고개를 든 오빠는 더욱더 환하게, 크게 웃고
있었어. 얼굴 가득 미소를 지으며 내 손을
잡아줬어. 내 손을….

어떻게 그 자리를 빠져나왔는지 모르겠어.
도무지 기억이 나지 않아. 뭔가 일이 있었던 것
같은데.

참, 오빠는 내 선물, 그러니까 패왕과 우희를
처음에는 보지 못했다가 그 아저씨가 받아서
옆에 놔주자 그때야 발견을 하고는 "어!" 하고
놀란 듯한 반응을 보였어!! 그러고는 굉장히
좋아한 것 같았다는 옆에 있던 언니의 말.
나는 긴장해서 하나도 모르겠지만, "어!" 하는
레슬리의 표정이 나쁘지 않았다는 건 기억해.
후훗.

문을 나선 나는 거의 탈진 상태였어. 정신을 차려보니 내 눈앞에는 거의 울상이 된 많은 언니들이 서 있었어. 아니 방방 뛰고 있었어.

"아저씨, 좀 들여보내줘요!!!!"

나는 친구를 찾아야 했어.

"도대체 어디 있는 거야!!!"

친구를 찾아 갔던 길을 다시 빙 돌아서 타워레코드 앞으로 돌아왔어. 그리고 2시 30분이 됐지.

"안 돼요!! 아아~~~"

타워레코드 문이 닫히고, 사람들이 소리쳤어.

"안 돼요, 안 돼요!!!"

꺅! 갑자기 사람들이 뒤쪽으로 몰려들었어.

"오빠!" "꺼거!" "레슬리!"

아우성 소리에 귀가 먹먹하고 몸은 사람들 사이에 찡겨서 제대로 서 있지도 못하는 상황이었지. 경호원들이 소리를 지르며 우리를 막 밀쳐 냈어. 그 바람에 내 우산은 한쪽이 완전히 찌그러졌고, 나중에 보니 팔에는 멍이 들어 있더라고.

몇몇 사람들이 급히 택시를 잡아타는 모습이 보였어.

나는 친구에게 삐삐를 쳤어.

"빨리 버스 정류장 앞으로 와."

마침내 친구를 만났는데 친구가 다리를
절뚝거리는 거야.

"넘어져서 다쳤어."

친구의 흰 양말이 온통 흙탕물투성이였어.

"안 되겠다. 얘 이래서 어떻게 공항에 가냐?"

"그래도 갈 거야!"

그렇게 실랑이를 하다가 시간을 너무 많이
허비했고 결국 우리는 집으로 돌아와야 했어.

"장국영 눈 봤어? 진짜 너무 예뻐!"

"맞아! 어떡해~~~"

"얼굴이 주먹만 해. 너무 잘생겼어!!"

이렇게 수다를 떨면서 말이야. 힘겹게 집에
돌아온 나는(거의 본능적인 귀가였음) 그 자리에
주저앉아버렸어. 아무것도 생각이 나지 않았어.
내가 대체 뭘 한 거지?

그리고 얼마 뒤 TV에서 오빠의 모습이 나왔어.
S.E.S가 인터뷰를 하더군. 좋겠다 S.E.S는.

홋, 너무 귀여운 우리 꺼거! 너희들도 봤지?
히히.

나 열심히 노력해서 진짜 훌륭한 통역사가

될 거야. 오빠하고의 약속을 지켜야 하니까.
7년이라는 시간이 좀 빠듯한 감이 있긴 하지만
반드시 해내고 말 테다!! 그래서 꼭 오빠에게
얘기해줄 거야. 그때 그 꼬꼬마가 이렇게
컸다고. 패왕별희 인형 기억나냐고. 헤헤.

　제 편지를 중국어로 번역해주신 교생 선생님,
응원을 아끼지 않으셨던 CA 선생님, 비록
하진 못했지만 멋진 말을 알려주신 중국어
선생님, 리허설 상대가 되어주신 담임 선생님,
그리고 응원해준 친구들, 엄마, 아빠, 모두 모두
감사해요~~

　난 너무너무 행복해!!!

　자 그럼, 얘들아, 〈쁘렝땅〉 정말 좋거든!! 많이
많이 사랑해줘~~~ 안녕!!

종이 백합 꽃다발

어설펐던 첫 번째 만남을 통렬히 반성하며 하루하루를 보내던 어느 날, 꺼거의 두 번째 내한 소식이 들렸다. 이번에는 같은 실수를 반복하지 않겠다고 각오를 다졌다. 꺼거의 2박 3일 일정을 모조리 쫓아다니리라 마음먹었다.

꺼거가 가장 좋아한 꽃은 백합이었다(나는 꺼거가 장미와도 참 잘 어울린다고 생각한다). 그래서 팬들은 늘 꺼거에게 백합 꽃다발을 선물하고는 했다. 매번 똑같은 백합 꽃다발을 선물하는 어떤 팬을 꺼거가 기억하고 알아본다는 말을 들은 게 기억이 나 좀더 특별하게, 종이로 만든 백합을 선물하기로 했다. 생화는 금방 시들지만 종이 꽃다발은 더 오래 간직해주지 않을까 하는 작은 바람도 있었다.

지난번 패왕별희 인형은 아무리 생각해도 홍콩으로 가지고 가기에는 부담스러웠을 것 같았다. 그래서 이번에는 휴대가 편리하면서도 기억에 오래 남을 선물을 준비하기로 한 것이다.

나는 종이로 백합 접는 법을 배워 연한 아이보리색 종이를 사다 정성껏 꽃을 접었다. 손가락이 시큰거릴 정도로 꽤 많이 접었다. 녹색 철사로 줄기를 만들어 이어 붙이고는 꽃집에 가져가 꽃다발 포장을 했다. 하얀 백합에 녹색 망사와 리본으로 예쁘게 포장을 하고 보니 진짜 백합 꽃다발만큼 예뻤다. 거기에 비장의 무기, 특별히 온 동네를 다 뒤져 구한 백합 향수를 뿌렸다. 그리고 마지막으로 우리의 '7년 뒤의 약속'과 패왕별희 인형을 상기시키는 편지를 적어 빨간 봉투에 담아 하얀 백합 다발 사이에 꽂았다. 하얀 백합과 녹색 포장, 빨간 봉투, 거기에 은은한 백합 향기까지 모든 것이 완벽했다.

'앞으로 매번 이 꽃다발을 선물하면 꺼거가 나도 기억해주시려나? 이렇게 완벽한 선물이라니! 내가 꺼거라도 참 기특할 거야.'

완성된 꽃다발을 들고 얼마나 뿌듯했는지 모른다. 꺼거에게 기억에 남는 팬이 될 수 있을 줄 알았다. 하지만 아쉽게도 두 번 다시 같은 꽃다발을 전할 기회는 오지 않았다. 그것은 내가 꺼거에게 건넨 처음이자 마지막 종이 백합 꽃다발이 되었다.

빨간 봉투에 담긴 편지는 무려 원어민 선생님의 도움을 받아 작성했다. 중국어를 1년이나 더 배운 상황이었기에 조금 자신감이 붙었던 나는 당당히 원어민 선생님을 찾아가 도움을 청했다(역시 모르면 용감하다). 그때 선생님이 고쳐주신 편지를 아직도 간직하고 있는데 지금 보니 안타깝게도 두 번째 편지는 첫 번째보다 상태가 더 심각했던 것 같다. 글씨를 알아볼 수조차 없다.

왜 이렇게 심각한가 했더니, 두 번째 편지는 한자 자체가 문제였다. 간체자가 아닌 번체자로 쓴 것이다. 그래, 맞다. 그때 원어민 선생님은 대만에서 오신 분이었다. 나름 열심히 흉내를 냈지만 삐뚤빼뚤 그림을 그려놓은 듯한 이 편지를 꺼거는 절대 알아보지 못했을 것이다.

계획대로 두 번째 내한 때는 첫날 공항 영접부터 영화 시사회, 사인회, 방송 출연, 마지막 공항 배웅까지 가능한 모든 일정을 따라다녔다. 당시 나는 하이텔 장국영 팬카페의 회원이었고, 문숙이는 나우누리 팬카페 회원이어서 우리는 양쪽 팬카페의 정보를 한데 모아 꺼거의 모든 일정을 샅샅이 쫓을 수 있었다.

(정확히 기억나진 않지만 최대한 기억을 더듬어보자면) 시작은 역시 공항이었다. 아침 일찍부터 서둘러 김포공항으로 마중을 나갔다. 팬들 무리에 섞여 언제쯤 꺼거가 나올지 기다리며 얼마나 설렜던지.

드디어 입국장 문이 열리고 베이지색 라운드 티에 하얀 바지를 입고 귀여운 크로스백을 멘 꺼거가 우리 앞에 나타났다. 가볍게 미소 지으며 관계자와 인사하는 꺼거는 대스타의 여유가 넘쳤다. 미리 준비된 것이었는지 누군가 대표로 꺼거에게 꽃다발을 주고, 우리는 열심히 소리를 지르며 꺼거를 환영했다.

공항 영접 후 아는 언니들과 택시를 타고 꺼거를 따라 신라호텔로 이동했다. 당시 내 눈에는 으리으리했던 신라호텔의 로비 여기저기에 옹기종기 모여 앉아 꺼거가 내려오기만을 기다렸다. 지나가는 사람들이 우리를 힐끗힐끗 쳐다봤던 것 같다. 그런 시선이 아무렇지도 않을 만큼 우리는 기쁨에 차 있었다.

그렇게 얼마나 기다렸을까. 경호원들이 나타나더니 눈이 부시게 하얀 슈트를 갖춰 입은 꺼거가 엘리베이터에서 나왔다. 그리고 그 순간 나는 사람 등 뒤에서 빛이 난다는 게 무엇인지 처음 알았다. 순정만화에나 나올 법한 그 뽀얗고 환한 후광이 실제로 존재한다는 것을 내 두 눈으로 똑똑히 보았다. 꺼거가 입은 흰 슈트 때문이었는지, 아니면 말 그대로 콩깍지였는지는 모르겠지만 말이다.

"꺄악!"

로비를 나서는 꺼거 사진을 찍으려고 팬들이 서로 밀고 밀리며 달려들었고, 경호원들은 그런 우리 앞을 가로막았다. 나중에 필름을 인화해보니 대부분의 사진에 가장 크게, 가장 자주 찍힌 건 꺼거가 아니라 바로 그 아저씨. 꺼거의 모든 일정이 끝날 때쯤에 우리는 아저씨와 서로 인사를 나눌 만큼 익숙해지기까지 했다. 그리고 그때 찍은 사진 중 하나가 바로 '직쩍'인 것 같다며 긴 세월 인터넷을 돌고 돌아 내게도 전해진 그 사진이다.

솔직히 그때 찍은 사진은 하나같이 구도도 이상하고 색감도 이상해서 내가 그날 그곳에 있었다는 것을 증명할 정도밖에 되지 않는다. 필름을 몇 통이나 쓰고서도 건질 만한 사진이 거의 없었으니 나의 이 재주 없는 손이 한심할 따름이다. 하지만 사진이 뭐 대수랴. 내가 그날 그곳에 있었다는 그 사실이 중요하지.

자체 발광, 멋짐을 내뿜으며 호텔을 나선 꺼거의 다음 행선지는 KBS였다. 〈이소라의 프로포즈〉 리허설을 하는 동안, 우리는 밖에 줄을 서서 입장을 기다렸다. 조금이라도 빨리 들어가고 싶어 안절부절 못했다. 그렇게 입장한 우리는 운 좋게 무대 좌측 앞쪽에 자리를 잡을 수 있었다.

생각보다 측면이라 진행자 이소라 씨에게 가려서 꺼거의 모습이 잘 보이지 않았다. 꺼거는 〈총애〉의 수록곡이자 영화 〈풍월〉 삽입곡인 'A Thousand

Dreams of You'를 부르면서 감사하게도 우리 쪽으로도 한번 와주었다. 콘서트에 갔다면 저런 모습이었겠지. 그 황홀했던 순간을 지금도 잊지 못한다.

그런데 아뿔싸. 꺼거가 그날 〈이소라의 프로포즈〉에 초대된 여러 게스트 중 하나라는 사실을 깨달은 건 꺼거의 노래가 끝나고 난 뒤였다. 촬영을 마친 꺼거는 홀홀 떠나버렸지만, 앞쪽에 자리 잡은 우리는 녹화 중에 나가지도 못하고 끝까지 자리를 지키고 앉아 있어야 했다. 빨리 가야 하는데, 자꾸 NG를 내는 가수들이 너무 야속했다.

나중에 알고 보니 정말 '능력' 있는 언니들은 본 녹화가 아닌 리허설을 보고 대기하고 있다가 촬영 후 바로 다음 일정을 따라 이동했다고 한다. 아쉽지만 우리는 그렇게 그날 일정을 마무리해야 했다.

그날 〈이소라의 프로포즈〉 영상은 유튜브로도 볼 수 있는데 꺼거가 계단을 내려오며 입장하는 순간에 좋아서 어쩔 줄 몰라 하는 여학생 셋이 화면 저 먼발치에 잡힌다. 그중 하나가 바로 나다. 방송을 보러 온 평범한 방청객들 사이에서 유난히 뜨겁게 반응한 우리가 눈에 띌 법도 했지만, 다행히 클로즈업되지는 않았다. 오직 나만 알아볼 수 있는 모습이라 참 다행이다.

얼마 전 어느 TV 프로그램에 나온 이소라 씨가 〈이소라의 프로포즈〉 진행 당시를 회상하며 가장 잊지 못할 게스트로 꺼거를 꼽는 것을 봤다. 꺼거가 볼에 키스를 해주었다고 자랑을 했다. 〈아비정전〉 속 맘보춤 이야기를 꺼내자 갑작스럽게 이소라 씨를 앞에 두고 맘보춤을 췄던 꺼거. 그때 땀을 뻘뻘 흘리며 어쩔 줄 몰라 하던 이소라 씨 모습이 지금도 눈에 선하다. 그녀는 그를 이렇게 기억했다. 너무나 아름다운 사람이었다고.

다음 날은 정동극장에서 〈성월동화〉 시사회와 사인회가 있었다. 너도 나도 전날의 흥분이 채 가시지 않은 채로 한껏 들떠 있었다. 언니들은 삼삼오오 모여 수다를 이어가는 틈틈이 저마다 준비한 선물을 자랑했다. 멋들어진 초상화며 꽃다발이며 각양각색의 선물이 가득했다. 나도 꺼거를 그린 판화 그림을 가지고 가긴 했지만, 미처 액자에 담아오지 못한 것이 못내 부끄러워 차마 내놓지 못하고 혼자 만지작거리기만 했다.

원래 그 그림은 선물로 준비한 것이 아니라 꺼거의 사인을 받고 싶어서 가지고 간 것이었다. 그런데 막상 당일 주최 측에서 〈성월동화〉 팸플릿이나 기념엽서에만 사인을 해준다고 해서 아예 꺼내지도 못하고 그대로 들고 돌아왔다.

　그래서였을까. 꺼거의 두 번째 사인을 받은 성월동화 엽서를 너무 고이 간직한 나머지 그만 잃어버리고 말았다. 남들은 다 각자 준비해 온 앨범이나 사진에 잘만 사인을 받아갔는데, 너무 고지식하게 말을 들은 것이 문제였다. 나는 그 엽서 한 장을 행여나 잃어버릴까 노심초사했고 결국 우려는 현실이 되고 말았다. 때로는 고집을 부릴 줄도 알아야지, 너무 모범적인 것도 병이다.

　시사회가 시작되기 전, 꺼거와 여자 주인공인 다카코 도키와의 무대 인사가 있었다. 무대 인사의 마지막 이벤트로 추첨을 통해 꺼거에게 직접 선물을 받는 순서가 있었다. 모두가 긴장한 추첨의 순간. '나53'이 적힌 티켓을 든 손에 땀이 맺혔다. '가63', '다43'이 호명됐지만 '나53'은 불리지 않았다. 이 얼마나 얄궂은 운명인가. 마지막에 당첨된 팬은 꺼거에게 다가가 볼에 키스를 하는 엄청난 만행을 저질렀다. 팬들의 부러움 섞인 아우성에 극장이 떠나갈 듯했다. 그날의 승자는 누가 뭐래도 단연 그 언니였다.

　그렇게 꺼거는 떠나고 〈성월동화〉 시사회가 시작되었다. 뭘 봤는지는 전혀 기억이 나지 않는다. 멍하게 앉아는 있었지만 영화는 안중에도 없었으니까.

아마도 시사회장 뒤편에서였을 것이다. 전년에 이어 그해에도 꺼거의 통역을 맡은 통역사 언니와 우연히 마주쳤다. 꺼거의 모든 일정을 가장 가까이에서 함께하는 통역사 언니는 어느덧 내게 선망의 대상이 되어 있었다. 꺼거와 귓속말을 하고 눈을 마주치며 웃는 그 언니가 정말 부러웠다.

어떻게 꺼거의 통역을 하게 되었느냐고 물었더니 통역사 언니는 홍콩말을 할 줄 알아서 그런 것 같다고 웃으며 대답해주었다. 그 언니를 보며 다음에는 꼭 내가 꺼거의 통역을 하겠다고 다짐하고 다짐했다. 통역을 하게 되면 꼭 말해줘야지. 내가 꺼거를 만나려고 이렇게 열심히 중국어 공부를 했다고.

어느덧 내한 마지막 날. 2박 3일이 정말 순식간에 흘러가버렸다. 준비해둔 종이 백합 꽃다발을 들고 꺼거를 배웅하기 위해 공항으로 갔다. 대략적인 출국 시간에 맞춰 공항에 도착은 했지만 그 넓은 김포공항에서 꺼거가 언제 몇 번 출입구로 들어올지 알 수 없었다. 그 많은 출입구를 여기저기 돌아다니며 한참 서성였다. 그러다가 왠지 모를 힘에 이끌려 (믿을 수 없겠지만, 분명 어떤 끌림이 있었다) 한 출입구를 나섰다. 그런데 정말 놀랍게도 바로 그곳에 꺼거가 있었다. 마침 차에서 내려 공항으로 들어오고 있었다. 오 마이 갓. 이건 진짜 설명할 수 없는 어떤 힘에 이끌렸다고밖에 달리 표현할 방법이 없다.

나도 모르게 그에게 다가가 백합 향이 나는 종이 백합 꽃다발을 그의 품에 안겼다.

"꺼거, 워 아이 니."

"…."

그는 꽃다발을 받아 들고는 그대로 공항 안쪽으로 들어갔다. 응? 방금 무슨 일이 벌어진 거지? 꺼거는 나의 꽃다발을 받아 든 채 아무 말도 없이 가버렸다.

"조금만 천천히 가지. 너무 갑자기 다가가는 바람에 사진도 못 찍었잖아."

헐레벌떡 뒤따라온 팬 언니가 말했다.

기다리고 기다리던 순간이 그렇게 허무하게 끝나고 말았다. 웃어주거나 고맙다고 하거나 뭐라도 반응을 좀 보여주지…. 어쩜 아무 말도 없이 그렇게 지나쳐 갈 수가 있지? 지금도 그날을 떠올리면 여전히 속이 상한다. 싱긋 웃어주기만 했어도 좋았을 텐데. 야속한 꺼거.

그런데 문득 그런 생각이 든다. 그날 나는 정말 "꺼거, 워 아이 니"를 입 밖으로 소리 내어 말하긴 했던 걸까? 아니면 내 발음이 너무 엉망이어서 못 알아들은 건 아닐까? 그것도 아니면 내 목소리가 너무 작아서 못 들은 건 아닐까? 분명 나는 넋이 나가 있는 상태였으니 혹 상상으로만 그 말을 했던 건 아닐까? 그게 아니라면, 그렇게 아무 반응 없이 지나갈 사람이 아니지 않은가. 꺼거는 절대 그렇게 무정한 사람이 아니다. 아무렴, 그렇고말고.

그날 공항에서 찍은 사진에는 내가 준 꽃다발을 안고 있는 꺼거의 모습이 많이 담겨 있다. 그날은 어찌된 일인지 내가 선물한 백합이 꺼거가 들고 있는 유일한 꽃다발이었고, 꺼거는 내내 그 꽃다발을 품에 안고 있었다. 지금도 그 사진을 보고 있자면 야속한 마음이 드는 한편, 그래도 내 정성이 헛되지는 않았던 것 같아서 내심 감사하다.

수속을 마치고 꺼거는 라운지로 들어갔다. 얼마나 지났을까. 출국을 위해 라운지에서 나온 꺼거의 손에 들린 꽃다발이 뭔가 허전하다. 편지가 담긴 빨간 봉투가 보이지 않았다. 꺼거가 내 편지를 읽은 것이다! 기분 탓인지 몰라도 꺼거의 표정이 한결 밝아진 것 같았다. 내 편지를 보고 기분이 좋아진 걸까? 패왕별희 인형이 기억난 걸까? 7년 뒤의 약속에 흐뭇해진 걸까?

출국장으로 나서기 전, 꺼거는 내한 일정을 함께한 경호원, 관계자 들과 기념사진을 찍었다. 나를 비롯한 몇몇 팬들도 그들을 찍었다. 왜 그들 사진을 찍고 있는지, 나 자신이 이상하다고 느낄 겨를도 없었다. 그저 꺼거와 함께 사진에 담기는 그 사람들이 너무 부러웠다.

그때 왜 나는 같이 사진을 찍고 싶다는 그 한마디를 하지 못했을까. 다른 팬들이 꺼거와 함께 찍은 사진을 볼 때면, 지금도 그날 그 순간 우물쭈물했던 나의 소심함을 탓하게 된다. 이제 와서 원망하고 후회해봤자 아무 소용없지만.

그렇게 꺼거는 내가 준 종이 백합 꽃다발을 품에 안고 출국장으로 들어갔다. 그 뒷모습을 보며 나는 다음에 다시 이 종이 백합 꽃다발을 전할 때는 분명 꺼거가 나를 알아봐줄 거라 생각했다. 어쩌면 꺼거와의 사진은 그때를 기약하면 될 것이라 생각했는지도 모르겠다. 하지만 야속하게도 그 모습은 내가 본 꺼거의 마지막 모습이 되었다. 그때는 미처 몰랐지만.

그리고 몇 년 후, 2002년 2월이었을 것이다. 꺼거는 한 차례 더 한국을 방문했다. 감독 데뷔를 위해 준비하고 있던 영화에 당시 한창 주가를 올리고 있던 송승헌 배우를 캐스팅하기 위한 비공식 내한이었다. 그 소식을 한참이 지난 후 미디어를 통해 알게 되었다.

2월의 추운 겨울 밤, 인천공항에서 회색 코트를 입은 모습으로 사진에 찍힌 꺼거의 모습은 왠지 스산했다. 지난 내한이 모두 따뜻한 봄과 여름에 이루어졌기 때문일까. 아니면 밤에 찍힌 사진이었기 때문일까. 밝은 에너지로 가득했던 기억 속 모습과는 사뭇 다른 꺼거의 모습에 나도 모르게 서늘함을 느꼈던 것은 그저 지금에 와서 그날을 회상하기 때문일지도 모르겠다.

코로나19가 대유행하기 전, 고등학교 동창회가 있었다. 처음 열린 동창 모임이었다. 오랜만에 보는 친구들, 더 오랜만에 보는 친구들, 졸업하고 처음 보는 친구들. 똑같은 얼굴을 하고 있는 친구, 어느새 확 늙은 친구, 적당히 나이 들어 보이는 친구. 정말 오랜만에 뵌 1학년 때 담임 선생님이 참 반가웠다. 어색하게 "셰셰"를 외치셨던 바로 그분이다. 당시 우리는 오지랖 넓게도 미혼이었던 선생님의 결혼을 꽤 진지하게 걱정했다. 알고 보면 그때 선생님 나이가 지금 내 나이보다 훨씬 어렸는데 말이다.

술잔이 오가며 이런저런 이야기를 나누었다. 분위기가 무르익을 즈음, 동창회의 하이라이트 레크리에이션 시간이 되었다. 노래 가사를 보고 제목을 맞히는 게임이었다. 역시 한번 반장은 영원한 반장인가. 여전히 센스 넘치는 준비성, 참 훌륭하다. 팀을 나누고 본격적인 게임이 시작됐다. 몇 곡이 지났을까. 마지막 문제가 나왔다. 특별히 우리 중국어과를 위해서 준비한 회심의 문제란다. 난이도 상.

"헹 헹 시우씽 쪼 와이 응오 썽 완뉴, 네이 와이 응오 쥬얍 콰이록 컹딤."

웅성웅성. 쉽게 답이 나오지 않는다. 회심의 미소를 짓는 반장.

푸퉁화는 아니고, 저게 뭘까, 무슨 노래일까, 앗! 번쩍 노래 한 곡이 머리를 스쳤다.

"정답!"

수십 개의 눈이 일제히 나에게로 향했다.

"당녠정."

반장의 눈빛이 허망하게 흔들렸다.

"뭐야…, 왜 이렇게 빨리 맞혀. 난이도 최상이라고!"

곧이어 다들 고개를 끄덕였다.

"역시…."

'당년정(当年情)'은 꺼거가 부른 〈영웅본색 1〉의 주제곡이다. 수백 번은 족히 들었을 이 노래를 내가 모르면 누가 알리. 물론 광둥어 노래이기 때문에 정확한 가사는 알지 못한다. 하지만 머리는 기억하지 못하는 그 가사를 수백 번 들은 내 귀가 소리로 기억하고 있었다. 한껏 우쭐하면서도 내심 못 맞혔으면 어쩔 뻔했나 가슴을 쓸어내렸다. 그래도 자칭 장국영 부인, 타칭 장국영 마누라인데. 다행히 체면이 섰다.

꺼거, 저 오늘 한 건 했어요!

어리석은 이의 날

대학에 입학한 나는 그야말로 대학 생활에 푹 빠져서 지냈다. 지금 생각해도 그 시절 대학 교정은 곳곳이 다 아름다웠고, 이제는 둘도 없는 지기(知己)가 된 동기들과 보내는 매일매일이 즐거웠다. 중문과 신입생 중에서도 나는 중국어 실력이 우수한 편이어서 수업 시간에도 늘 신이 나 있었다. 꺼거에 대한 마음은 여전했지만 그 마음에만 몰입하기에는 할 일 많고 웃을 일 많은 시절이었다.

그러다 베이징으로 어학연수를 떠났다. '7년 뒤 약속'을 지키기 위한 준비 과정이었고, 오래도록 동경한 그 꿈에 한 걸음 더 다가서는 일이었다. 책으로만, 화면으로만 봐온 중국에서 생활할 생각에 나는 꽤 흥분해 있었다.

그러나 원대한 꿈을 안고 시작한 어학연수는 내 상상과는 사뭇 달랐다. 연수 전에 중국으로 배낭여행을 다녀온 적도 있었지만 역시 여행과 생활은 전혀 달랐다. 내 기대와는 너무나 다른 낯선 중국, 멀게만 느껴지는 중국인. 특히 우물을 벗어나면서 깨달은, 나의 어설프기 그지없는 중국어 실력에 대한 실망감으로 뒤늦은 성장통을 겪는 중이었다.

그렇게 두어 달이 지났을까. 베이징의 겨울이 끝나고 봄이 시작될 무렵 중국에 전염병이 돌고 있다는 소문이 퍼졌다. 남쪽에서 시작된 사스가 점점 심각해지며 북쪽으로 올라오는 중이라고 했다. 그래도 한국보다 훨씬 더 먼 저 남쪽 지역의 전염병은 그저 나와는 상관없는 이야기라고 생각했다. '설마 여기까지 오겠어' 하며 평소와 다름없이 지냈다.

그날 저녁은 너무나도 평범했다. 수업을 듣고, 친구들과 시답지 않은 농담을 주고받으며 저녁을 먹고, 방으로 돌아가 다음 날 수업할 교재를 좀 보다가 잠이 든 것 같다. 지금 생각하면 어떻게 그럴 수 있었을까 싶게 평범한 날이었다. 그때는 휴대폰으로 전화나 간단한 문자만 가능했고 인터넷 사용도 원활하지 않았다. 그리고 내 방에는 TV가 없었다. 만우절은 중국어로 위런제(愚人节), '어리석은 이의 날'이라고 한다. 기분 좋은 일이 있었던 것도 아니지만, 그렇다고 뭔가 특별히 이상한 것도 아니었다. 야속하게도 너무나 평범한 저녁이었다.

다음 날 아침 여느 때처럼 수업을 들으러 갔다. 교실로 들어서자 이야기를 나누던 친구들이 일제히 나를 쳐다봤다. 짝꿍이 심각한 얼굴로 말했다.

"유정아, 장국영 죽었대…."

"뭐야, 만우절은 어제였는데 왜 오늘 농담을 해. 그것도 그렇게 심한 농담을. 너무한 거 아냐?"

"진짜야⋯."

기분이 나빴다. 농담도 정도가 있지, 어떻게 그런 농담을 할 수가 있지? 내가 너무 기분 나쁜 내색을 하니 그 친구가 머쓱해져서는 한발 물러섰다.

"잘못 알았나? 아닌데, 맞는데⋯. 이상하네⋯."

다른 친구들도 더 이상 별다른 이야기를 하지 않았다. 그렇게 조금은 어색한 분위기에서 수업을 들었다. 말도 안 되는 소리라고 화를 냈지만 뭔가 이상했다. 알 수 없는 느낌에 내내 기분이 싸했다.

수업이 끝나고 우르르 몰려 나가는 무리에 섞여 밖으로 나왔다. 봄을 맞은 베이징의 하늘은 맑았고 봄바람이 따스했다. 점심을 먹으러 가는 아이들을 밀쳐내며 신문과 잡지를 파는 가판대로 향했다. 그런데 굳이 가까이 가지 않아도 알 수 있었다.

유난히 검은색이 많이 칠해진 신문의 헤드라인. 검은 바탕에 흰 글씨로 쓴 '장국영' 세 글자가 엄청난 크기로 클로즈업됐다. 그대로 그 자리에 주저앉았다. 울지 않아도 눈물이 저절로 흘렀다.

장 국 영.

이 이름 하나로 그해 참 많은 사람이 울었다. TV, 라디오, 잡지, 신문, 어디에서나 꺼거에 대해 이야기했다. 그의 생애가, 그의 영화가, 그의 음악이 그리고 그의 죽음이 끊임없이 흘러나왔다. 장국영이라는 이름이 가진 무게. 내가 그랬고, 많은 사람이 그랬으며, 홍콩도 중국도 이 세상 전부가 그가 떠난 뒤에 그 이름의 무게를 새삼 깨달은 듯했다. 사스의 공포로 모두가 움츠러든 그때, 꺼거의 부재는 많은 이에게 상실의 고통을 깊이 각인시켰다.

우리에게는 영화배우로 더 익숙하지만(나 역시 처음에는 배우인 줄만 알았다), 사실 꺼거의 시작은 가수였다. 그것도 경연 프로그램 출신이다. 1977년, 장국영은 우연히 한 경연 프로그램에 참가해 준우승을 차지하며 연예계에 발을 디딘다. 엘비스 프레슬리를 연상시키는 새하얀 셔츠와 바지에 빨간 스카프와 빨간 부츠를 매칭하고 '아메리칸 파이'를 열창한 스물한 살 꺼거의 풋풋한 모습에 저절로 미소를 짓게 되는 건 나만은 아닐 것이다. 그날 꺼거에게 꽃다발을 전해준 일곱 살 소녀가 바로 매력적인 음색을 보유한 막문위다. 그녀는 꺼거를 '엉클 레슬리(uncle Leslie)'라고 부르며 잘 따랐다고 한다.

이 재주 많은 장발의 미소년은 금세 스타가 될 것 같았지만 의외로 꽤 오래 무명 시절을 겪었다. 언젠가 꺼거에 관한 기사에서 "장국영도 오늘의 성공이 있기까지 10년의 세월을 견뎌야 했다"라는 말을 본 기억이 있다. 대스타의 운명을 타고났을 것 같은 그 역시 그런 고난의 시기를 겪었다니 어쩌면 세상은 그래도 공평한 것인지도 모르겠다.

그렇게 무명의 시간을 견디고서 서서히 이름이 알려진 건 데뷔를 하고도 6~7년이 지난 후였다. 1983년 '풍계속취(风继续吹)'로 주목 받기 시작했고, 이듬해 빠른 템포의 노래 '모니카(Monica)'를 발표하며 느린 발라드만 가득하던 홍콩 음악계를 뒤흔들었다. 그 후로 얼마나 많은 '모니카'들이 생겨났는지 모른다. '거성(巨星)'의 탄생이었다. 아직 4대 천왕(유덕화, 장학우, 여명, 곽부성)도 등장하지 않은 시절, 그렇게 꺼거는 발라드와 댄스곡을 넘나들며 홍콩 최고의 가수가 되었다.

꺼거의 가수 생활이 순탄한 것만은 아니었다. 무수한 소녀들의 사랑을 받으며 수많은 상을 휩쓴 그였지만, 당시 최고 인기 가수 알란탐과의 경쟁 구도가 심해지면서 팬들 간 다툼이 빈번해졌다. 우리나라에서도 한때 H.O.T와 젝스키스의 팬 전쟁이 유명했는데 그보다 10년도 전인 1980년대 홍콩에서는 소위 '담장쟁패(谭张争霸, 알란탐-장국영의 패권 다툼)'란 말까지 생겨나며 전쟁을 방불케 하는 팬 갈등이 있었다. 처음에는 음반 판매를 위한 마케팅의 일부

였을 것이다. 그러던 것이 홍콩 미디어의 부채질이 더해져 상황이 걷잡을 수 없이 심각해지고 말았다.

환호와 야유가 뒤섞여 무대를 이어갈 수 없을 정도였고, 꺼거의 집으로 협박과 저주의 편지가 배달됐다. 갈등이 극에 달한 1986년 '10대 경가금곡(十大勁歌金曲)' 시상식에서는 팬들에게 둘러싸여 몇 시간을 차 안에 갇혀 있기까지 했다고 한다. 결국 이를 견디다 못한 꺼거는 1989년 33회의 고별 콘서트를 끝으로 가요계에서 공식 은퇴하고 만다. 그의 나이 서른세 살이었다(은퇴 이유에 대해 여러 이야기가 있지만 나는 이것이 가장 큰 이유가 아니었나 생각한다).

그의 1980년대 전성기가 한참 지난 뒤에 팬이 된 나로서는 그런 전후 사정을 모르고 당시 영상을 보면서 몇 번이나 고개를 갸웃거렸다. 대상에 해당하는 금곡금상(金曲金奖)을 수상하면서도 표정이 전혀 밝지 않은 꺼거가 참 이상했다. 특히 고별 콘서트에서 미련 가득한 눈빛으로 눈물을 펑펑 쏟는 모습을 보면서 저렇게까지 슬픈데 왜 은퇴하려고 했을까 생각하기도 했다.

한참이 흘러 당시 상황을 알고 나서 다시 그때의 수상 영상을 찾아봤다. 상을 받고도 기뻐하기는 커녕 잔뜩 굳은 표정에 금방이라도 울 것 같은 얼굴이었다. 그런 꺼거의 모습을 보면서 유명인으로 살아간다는 것이 얼마나 힘든 일인지, 이제 갓 스물아홉, 서른인 그가 견뎌야 했을 이유 없는 야유와 질타가 얼마나 고통스러웠을지 그 아픔이 고스란히 전해져 안쓰러웠다. 의욕적이고 섬세했던 완벽주의자 장국영, 특히 젊은 시절의 그로서는 견디기 힘든 시간이었을 것이다.

그렇게 은퇴를 선언했던 꺼거가 〈총애〉로 돌아오기까지 6년이 걸렸다. 그리고 그는 전혀 다른 사람이 되어 있었다. 경쟁을 떠나 음악과 무대를 오롯이 즐기는 그의 모습이 그래서 더 매력적이었는지도 모르겠다. 나중에 알란탐과 같이 음원을 녹음하기까지 했다. 격랑의 한 시대를 함께 겪은 두 가수의 모습이 너무 편안해 보여 나는 지금도 가끔 그 뮤직비디오를 찾아보곤 한다.

새로운 세기의 시작을 앞둔 1999년, 그는 홍콩 음악계에서 받을 수 있는 최고의 영예라 할 수 있는 금침상(金针奖)*을 수상했다. 그날 시상식에서 꺼거

---

* 홍콩 음악계에 지대한 공헌을 한 음악인에게 주어지는 최고 영예의 상으로 전통음악, 가요 등을 가리지 않고 가수, 작사·작곡가, 제작자에게 시상한다.

는 콘서트처럼 무대 곳곳을 뛰어다니며 열창했다.

　　같은 노래를 부르는 것인데도 그날 무대는 분명 달랐다. 삶의 무게를 이겨낸 자의 여유로움이 있었다. 시간이 가져다준 편안함이 있었다. 그는 진정 무대를 즐기고 있었다. 그 모습이 참 좋았다.

　　그가 영화배우로 인정을 받은 건 가수로서 어느 정도 입지를 굳힌 뒤였다. 이전에도 잘생긴 이미지를 앞세워 몇 편의 영화와 드라마를 찍었지만 그다지 주목 받지 못하다가 1986년 홍콩 느와르의 전설 〈영웅본색〉, 1987년 중국 최고의 러브스토리라는 〈천녀유혼〉에 연달아 출연하며 영화배우로서도 명성을 쌓기 시작했다. 이후 왕가위 감독을 만나면서 〈아비정전〉, 〈동사서독〉, 〈해피 투게더〉 같은 걸작을 만들었다. 얼마 전 한국에서도 재개봉한 〈패왕별희〉로 세계적인 스타로 발돋움했지만 홍콩에서 그의 가치를 인정받은 영화는 〈아비정전〉이었다.

　　지지리도 상복이 없던 꺼거는 〈아비정전〉으로 유일하게 홍콩 금상장(金像奖) 남우주연상을 수상했다. 영화배우로서 그만큼 확고한 위치를 차지한 배우가 없었음에도 화려한 필모그래피에 비해 영화배우로서 그의 수상 경력은 생각보다 단출하다. 물론 후보에 오르는 것만도 대단한 일이지만, 특히나 홍콩 금상장은 솔직히 화가 날 정도로 꺼거에게 인색했다. 오히려 일본에서 더 많은 상을 탔으니 꺼거가 일본을 좋아하고 일본판 특별 앨범까지 낸 이유를 알 것도 같다.

2003년 4월, 한 달 내내 베이징의 기숙사에 처박혀 꺼거의 노래를 듣고 영화를 봤다. 영화 속 꺼거가 대본에 따라 캐릭터를 연기하는 것이라 해도 그 안에서 진짜 꺼거의 모습을 발견할 수 있을 것만 같았다.

〈금지옥엽〉 속 샘은 작사, 작곡과 가수를 넘나들던 프로페셔널한 장국영인 듯하여 멋졌고, 〈해피투게더〉 속 보영은 장난기 가득한 눈동자와 언제든 웃음이 터져 나올 것 같은 익살스러운 입술이 평소 꺼거의 모습인 듯하여 좋았다. 〈아비정전〉의 아비는 자존심 강한 그의 성격이 고스란히 드러난 듯하여 불안했고, 〈유성어〉의 아영(영화 속 배역의 이름은 '이조영'이고, 모두 그를 '아영'이라 부른다. 한국에서는 어찌된 일인지 이름이 '이조락'으로 되어 있다)은 이제는 상상밖에 할 수 없는 아버지 장국영의 모습이기에 안타까웠다. 〈동사서독〉 속 구양봉은 스스로 세상을 버린 듯하지만 결국 세상으로부터 버림받았다고 느껐을 꺼거를 생각하며 마음이 아팠다.

더 이상 멋지고 세련된 역할에 연연하지 않고 한층 다양한 역할에 도전하려 한 후반기 영화 속 그의 모습에서 점점 쇠퇴해가는 홍콩 영화계를 살리려 한 고군분투가 절절히 전해져 안쓰러웠다.

홍콩 영화에 대한 관심이 시들해지고 꺼거의 노래를 듣기보다는 친구들과 어울려 다니는 것이 좋았던 그사이, 그렇게 기약 없는 이별이 오게 될 줄은 정말 꿈에도 몰랐다. 대학 생활에 빠져 한눈을 팔았던 것에 대한 벌을 받는 것 같았다. 내 어리석음을 평생 탓하려는 듯 어리석은 이의 날이라는 만우절에 그는 그렇게 우리를 떠났다.

설마설마하던 사스는 결국 베이징까지 올라오고 말았다. 아침이면 간밤에 몇 호실 누구누구가 고열로 병원으로 실려 갔다는 둥, 누구누구가 죽었다는 둥 소문이 무성하게 들려왔다. 무엇보다 병에 걸리면 중국에서 나가지 못한다는 소문에 유학생들이 동요했다. 베이징 봉쇄설까지 돌자 결국 학교는 이른 종강을 결정했다. 부푼 꿈을 가지고 시작한 첫 연수는 그렇게 딱 절반의 일정만 마친 채 막을 내렸고 나는 어설픈 수료증 하나를 손에 들고 귀국해야 했다.

한국으로 돌아온 나는 알 수 없는 무기력에 빠

졌다. 이 모든 것이 꿈만 같았고, 쫓겨나듯 한국으로 돌아온 것이 믿기지 않았다. 그때 무엇을 했는지 잘 기억이 나지 않는다. 그 후로 나는 한동안 중국과 중국어에 흥미를 잃고 말았다.

꺼거의 소식이 전해지고 얼마 후, 인터넷에서 꺼거를 추모하는 카툰을 본 기억이 난다. 내용은 정확히 기억나지 않지만 이런 이야기였던 것 같다.

'〈영웅본색〉에서는 주윤발이 멋졌고, 〈천녀유혼〉에서는 왕조현이 선녀같이 예뻤고, 〈백발마녀전〉에서는 임청하의 카리스마가 압도적이었고, 〈해피 투게더〉에서는 양조위가 당하고만 있는 게 안타까웠다. 그런데 장국영의 소식을 듣고 깨달았다. 내가 좋아한 이 모든 영화에 장국영이 있었다는 사실을. 그는 가장 눈에 띄는 배우는 아니었지만 스스로보다 상대를 더 빛나게 해주는 배우였다. 내가 좋아한 모든 홍콩 영화는 다름 아닌 장국영의 영화였다.'

많은 사람이 이야기한다. 장국영이 떠나고 홍콩의 영화도 가요도 모두 과거의 것이 되었다고. 새로운 홍콩 영화 한 편 개봉하기가, 홍콩 가요 한 곡 전해 듣기가 어려운 지금, 그 말이 새삼 사무친다.

홍콩의 야경은 기억처럼 빛나지 않았다

2003년의 4월 이후 세상이 끝난 것 같았지만, 그래도 시간은 흐르고 생활은 계속되었다. 이듬해 나는 교환학생 자격으로 다시 한 번 베이징에 가 공부했고, 대학 졸업 후 통번역대학원에 진학했다. 일방적이었어도 꺼거에게 한 약속을 지키고 싶었다. 비록 7년의 시한은 지키지 못했지만 내 나름으로서는 그 약속을 지키기 위해 최선을 다했다.

그렇게 대학원 졸업을 앞둔 어느 날이었다. 문득 나의 인생 목표가 통번역대학원 진학까지였다는 사실을 깨달았다. 통역사가 되려면 통번역대학원을 가야 하는 줄 알고 정한 목표였다. 여차저차 진학까지는 했으나 막상 졸업할 시기가 되자 과연 통역사로 살아가고 싶은지 확신이 서지 않았다. 아무리 일방적인 약속이었다지만 나는 약속을 지켰는데, 정작 약속을 한 상대가 없었다. 통역을 해주고 싶은 유일한 사람이 사라졌다. 더 이상 어디로 가야 할지 알수가 없었다. 인생의 방향을 잃은 듯했다.

결국 회사에 취업을 했다. 대학원 경력을 인정받지 못하고 대졸 공채로 들어가 좀 억울했지만 그래도 금방 회사에 적응했다. 직장인이라면 누구나 겪는 일들을 두루 겪었고, 실적에 스트레스를 받거나 성과에 뿌듯해하기도 하면서 아등바등 3년 하고도 8개월을 보냈다. 일을 잘했는지는 모르겠으나 적어도 중국 영업이 나와 꽤 잘 맞았던 것 같다고 지금도 생각한다. 그사이 몇 번인가 중국과 홍콩을 다녀오기도 했다.

어느 순간 일상에 너무나 적응해버린 내 모습이 낯설게 느껴졌다. 석사까지만 마치고 만 것이 무언가를 마무리하지 못하고 중간에 멈춰버린 것 같아 마음 한구석이 늘 찜찜했었다. 그래도 원하면 언제든 새롭게 시작할 수 있을 거라 생각했는데 현재의 삶에 익숙해져버린 내 모습을 보며 점점 자신이 없어졌다. 이렇게 계속 간다면 더는 돌이킬 수 없을 것 같았다. 회사를 그만뒀다.

하지만 막상 박사를 하려고 보니 전공을 무엇으로 해야 할지부터 난관이었다. 그전까지는 막연히 중국어를 유창하게 구사하는 것이 목표였기 때문에 중국어로 무엇을 하고 싶은지, 무엇을 할 수 있는지, 무엇을 해야 하는지, 깊이 고민해본 적이 없었다.

이번에도 나의 결정은 정말 단순했다. 사실 굳이 중문과에서 박사를 할 필요가 없었는데도 나는 중문과를 나왔으니 당연히 중문과를 가야 한다고 생각했다. 통번역대학원을 나왔으니 문학보다는 언어와 관계된 것이 맞겠다 싶어 어학을 골랐다. 그리고 어학 중에서도 고문(古文)은 잘 모르니 현대 중국어가 낫겠다 싶었다. 그래서 나의 선택은 현대 중국어 어법. 안타깝게도 말을 하는 것과 언어를 연구하는 것이 완전히 다른 세상 이야기임을 깨달은 건 박사 과정을 시작하고도 한참이 지난 뒤였다.

그렇게 대학을 졸업하고 대학원을 거쳐 회사를 다니다가 다시 박사 과정을 밟는 동안 어느새 꺼거가 떠난 지 10년이 되었다. 시간이 약이라더니 정말 시간은 약이었나 보다. 하루하루가 흐르고 한 달, 1년, 5년이 지나더니 금세 10년이라는 긴 시간이 지나갔다.

정신없이 박사 과정을 보내고 어느새 수료를 앞둔 그해, 전혀 생각하지 않았던 유학을 결정하게 되었다. 유학을 가려고 했다면 회사를 그만두고 처음부터 바로 중국으로 넘어갔을 것이다. 그럴 생각이 없었기에 한국에서 공부를 시작한 것이었다. 그런데 사람 일은 모르는 거라고, 정말 생각지도 않은 일을 순식간에 결정하고 말았다.

2013년 여름 나는 상하이에 갔다. 베이징으로 연수를 갔다가 돌아온 지 딱 10년 만의 일이었다. 꺼거의 10주기가 되는 해이기도 했다.

그래서 본격적으로 유학을 시작하기 전, 2013년 4월 홍콩에서 열린 10주기 행사에 너무나 참가하고 싶었지만 표는 이미 매진된 뒤였고, 급한 마음에 기획사에 메일도 보내봤지만 당연히 답은 없었다. 행사에는 참석하지 못해도 홍콩에라도 가고 싶었다. 그러나 아직 학기 중이었고, 그 주는 하필 내가 발제를 해야 하는 주였다. 이 모든 것이 핑계일지도 모른다. 하지만 그때는 어찌할 방도가 없었다. 그렇게 한국에서 마지막 학기를 마치고 그해 여름 중국으로 건너갔다.

　　2013년을 며칠 남긴 12월의 어느 날. 나는 마침내 홍콩으로 가는 비행기에 올랐다. 10주기를 그냥 보내지 않겠다는 의지이자 꺼거에 대한 내 의리이기도 했다. 이참에 꺼거의 흔적을 찾아 홍콩 거리를 마음껏 누비기로 했다. 이번만큼은 온전히 꺼거를 위한 홍콩행이었다.

　　이미 12월이었던지라 꺼거 10주기 행사의 흔적은 거의 남아 있지 않았다. 그래도 일이든 여행이든 몇 번이나 홍콩에 왔으면서도 잠깐 머물지도 못하고 지나치기만 했던 곳, 알면서도 가보지 못했던 곳들을 부지런히 찾아다녔다. 마침 고등학교 동창 은혜가 홍콩에서 근무하고 있어 오랜만에 은혜도 만났다. 은혜는 역시나 내 장국영 사랑을 기억하고는 꺼거가 좋아했다는 딤섬집에 데려가주었다. 꺼거가 좋아했을 법한 깔끔함이 돋보이는 식당이었다. 물론 이름만 들어도 알 만한 홍콩의 딤섬 맛집이기도 하다(이곳은 2020년 6월 말 폐업했다. 꺼거의 성지가 그렇게 또 하나 사라지고 말았다). 그날 은혜와 같이 나온 후배는 나의 장국영 사랑을 전해 듣고 고맙게도 그날 이후 한동안 꺼거의 기일이나 생일이면 잊지 않고 나에게 홍콩의 모습을 전해주었다.

홍콩에 머문 며칠 동안 꺼거가 출연한 영화에 나왔던 여러 장소들과 콘서트를 했던 홍함(紅磡) 체육관, 애프터눈 티를 즐겼다는 호텔의 커피숍, 단골집이었다는 레스토랑과 바, 배드민턴을 쳤다는 체육관, 영화관, 꺼거가 다녔던 학교, 꺼거가 살았던 집… 참 많은 곳을 다녔다.

스타의 거리에 핸드 프린팅 없이 별 모양 명판만 있는 꺼거 자리에서는 한참을 떠나지 못하고 서성였다. 언젠가 한국에서도 핸드 프린팅을 찍은 적이 있다고 들은 것 같은데 그건 어디에 있을까? 잘 간직했다면 이곳에 이 공허한 별 대신 그 프린팅이라도 새겨 넣을 수 있었을 텐데. 이미 어디론가 사라졌겠지. 내 패왕별희 인형처럼.

주룽에서 홍콩섬으로 넘어오는 페리에서 저 멀리 만다린오리엔탈호텔이 보일 때면, 이제는 적응을 할 만도 한 데 여지없이 심장이 쿵 하고 내려앉곤 했다. 아무렇지 않게 이곳저곳을 돌아다니다가도 불쑥불쑥 예고 없이 호텔의 모습이 눈에 들어오면 나도 모르게 흠칫 놀라게 된다.

하루는 큰맘 먹고 만다린오리엔탈호텔 피트니스센터가 있는 24층으로 올라갔다. 터질 것처럼 두근대는 심장을 부여잡고 24층에 도착했지만, 차마 엘리베이터 앞에서 두어 발 이상을 내딛지 못하고 그저 먼발치에서만 바라보다 다시 내려왔다. 아직은… 어쩔 수 없나 보다.

못해도 네댓 번은 온 홍콩인데 꺼거 따라잡기를 하며 찾아다니는 홍콩의 이곳저곳은 전혀 다른 세상인 듯 새롭게 느껴졌다. 이 좁은 땅이 너무나 넓게 느껴졌다. 왜 좀 더 일찍 꺼거의 흔적을 찾아보려 하지 않았을까.

그러다 불현듯 알게 되었다. 홍콩의 어디든 꺼거의 흔적이 남지 않은 곳이 없다는 사실을. 성지 옆에 성지, 그 옆에 또 다른 성지. 홍콩이 작아서도 그렇겠지만 홍콩의 모든 곳은 그 자체로 꺼거의 성지였던 것이다.

하지만 2013년 겨울의 홍콩은 마치 지난날의 흔적을 지워버리기라도 하려는 듯 공사가 한창이었다. 10년 동안 묵혀둔 재정비를 한꺼번에 시작하는 것처럼 여기저기가 한껏 분주했다. 홍콩으로서는 필요한 일이겠지만 그만큼 꺼거의 흔적이 사라지고 있는 것이기에 안타까웠다. 내가 홍콩을 좋아하는 것은 꺼거를 좋아하기 때문인데, 꺼거의 흔적이 사라지는 홍콩은 점점 더 낯선 곳이 되어간다.

2013년 홍콩 여행에는 꺼거의 흔적 좇기 외에도 중요한 일정이 하나 더 있었다. 바로 12월 29일에 열린 특별한 콘서트다. 매염방 언니의 10주기 추모 콘서트.

가수 장국영의 전성기 시절을 함께한 사람이 매염방이다. 옛날 영상을 찾아 볼 때면 거의 모든 가요 시상식에 매 언니가 보인다. 홍콩 여자 가수로는 단연 최고가 아니었을까. 꺼거와 매 언니가 함께 무대에서 노래하고 춤추는 영상을 보면 둘 사이에 얼마나 끈끈한 믿음이 있었는지 한눈에 알 수 있다. 정말 신이 나서 무대를 즐기고 있다는 것이 내 눈에도 보일 정도니까. 이 둘은 홍콩 가요계의 가장 화려했던 시절을 함께한 동료이자 친구였다.

정말 사랑하는 사람은 죽음도 함께한다고 했

던가. 거짓말처럼 그녀는 2004년을 이틀 앞둔 12월 30일 세상을 떠났다. 나는 종교도 없고 특별히 미신을 믿는 것도 아니지만, 혹시나 꺼거가 매 언니를 데리고 간 것은 아닐까 생각하기도 했다. 언젠가 매 언니가 농담처럼 "나중에 마흔이 되어도 둘 다 결혼 안 하고 싱글이면 그때 나랑 결혼하자"라고 꺼거에게 말했다는 이야기를 들은 적이 있다. 그해 그녀는 딱 마흔이었다.

지금도 아주 가끔 꺼거와 매 언니가 연인으로 이어졌으면 어땠을까 생각한다. 누구보다 사랑받고 싶어 했던 매 언니였고, 누구보다 사랑이 가득했던 꺼거였기 때문이다. 꺼거와 그토록 절친했다면서 둘이 연이 닿았으면 얼마나 좋았을까. 그렇게 평범하게 함께 늙어갔다면 어땠을까. 양조위-유가령 부부처럼, 장지림-원영의 부부처럼, 유덕화, 장학우 등 그 시절의 많은 연예인이 오늘을 살아가는 것처럼…. 그랬다면 얼마나 좋았을까. 그러고 보니 둘은 몇 편의 영화를 함께 찍었지만, 해피엔딩으로 이어진 적은 없었던 것 같다.

매염방 10주기 추모 콘서트에는 매 언니의 친구이자 꺼거의 친구이기도 했던 많은 홍콩 연예인들이 자리를 함께했다. 그녀와의 추억을 이야기하고 그녀의 노래를 불렀다. 알아듣지도 못하는 광둥어였지만, 그녀에게 참 잘 어울리는 장미꽃 모양의 등을 손에 들고 울컥 올라오는 무엇인가를 몇 번이고 삼키며 그날의 공연을 봤다. 그때는 멀어서 잘 보이지 않았던, 눈물을 훔치며 서로를 다독이는 그들의 얼굴을 나중에 유튜브를 통해 보면서 다시 한 번 화려했던 '홍콩의 딸' 매염방을 기억했다.

콘서트가 끝나고 늦은 밤 공연장을 나섰다. 연말이라 홍콩의 밤거리는 여느 때보다도 더 분주하고 화려했지만, 그날은 무척이나 적막하게 느껴졌다. 10여 년 전 내 첫 중국 여행의 시작이 바로 상하이와 홍콩이었다. 그때 막 대륙에서 건너온 내 눈에 홍콩의 밤은 더없이 아름답게 반짝였었다. 특히 상하이의 야경에 비해 무척이나 화려하다고 느꼈었다.

10년 넘는 시간이 흐르면서 그사이 상하이의 야경은 이제 홍콩과는 비교도 할 수 없을 만큼, 아시아는 물론이고 어쩌면 세계에서도 손꼽힐 만큼 화려한 면모를 자랑하게 되었다. 그 옛날 처음 본 홍콩은 참 반짝반짝 환하게 빛나던 곳이었는데, 상하이에서 내려온 내 눈에 비친 홍콩의 야경은 기억만큼 반짝이지 않았다. 그건 단지 내 기분 탓만은 아니었을 것이다.

푸퉁화, 광둥어 그리고 영어

꺼거는 홍콩 배우 중에서도 소위 귀공자 스타일로 유명하다. 1980~90년대만 해도 영국 유학까지 다녀온 부잣집 귀공자가 연예인을 하는 건 매우 드문 일이어서 차별화된 이미지로 주목을 받았다고 한다. 꺼거는 영국 유학파답게 영어를 참 잘했다. 특히 그의 영국식 발음은 왠지 모르게 친숙하면서도 격식이 있고, 낮고 허스키한 보이스와 잘 어울려 정말 매력적이다.

영어만 잘했어도 꺼거와 대화하기에 충분했을 텐데 나는 왜 꺼거를 만나 얘기하려면 꼭 중국어를 해야만 한다고 생각했을까. 알다가도 모를 일이다. 게다가 내가 하는 표준 중국어인 푸퉁화는 꺼거에게도 모어가 아니다. 세상에나.

그때는 뭘 몰라도 너무 몰랐다. 매일같이 돌려본 비디오 속 목소리가 꺼거의 목소리인 줄만 알았다. 화면 속 꺼거의 입 모양과 덧씌워진 소리가 전혀 맞지 않았는데 말이다. 그 시절의 나는 그런 것을 눈치채기에는 너무 무지했다. 화면 속 대사는 광둥어고 더빙된 소리는 푸퉁화였다는 사실을 알게 된 것은 꺼거를 좋아하고도 한참이 지난 뒤였다.

그 사실을 모르고 혼자 중국어 책을 사서(당연히 표준 중국어 교재였다) 공부하기 시작한 것이 오늘에 이르렀으니 나의 노력도 참 가상하다. 어렴풋이 광둥어와 푸퉁화는 발음이 많이 다르다고만 느꼈다. 그러다 베이징으로 어학연수를 갔을 때 나처럼 푸퉁화를 배우러 베이징으로 온 홍콩 친구를 보고 어찌나 놀랐던지. 홍콩 사람들에게 푸퉁화는 외국어처럼 따로 배워야 하는 언어였단 말인가? 그럼 푸퉁화를 해서는 꺼거랑 대화가 안 되는 것? 지금까지의 노력이 모두 허사인 것 같아 충격으로 입을 다물지 못했다. 그런 내게 그 친구가 위로를 해주었다.

"장국영은 푸퉁화도 잘한대."

그렇다. 꺼거의 푸퉁화 실력은 홍콩 연예인 중에서도 손에 꼽힐 정도였다. 오래전부터 홍콩 가요는 광둥어 버전과 푸퉁화 버전으로 나뉘어 출시되곤 했고, 꺼거의 몇몇 노래도 광둥어 버전과 푸퉁화 버전이 있다.

그래도 꺼거의 푸퉁화 실력이 일취월장한 것은 역시 영화 〈패왕별희〉가 계기가 되었을 것이다. 이전에는 홍콩 영화에만 출연했던 꺼거에게 〈패왕별희〉는 중국 대륙에서 찍은 첫 작품이었다. 청데이 역할을 소화하기 위해 꺼거는 경극을 배우는 것은 물론, 푸퉁화 공부도 굉장히 열심히 했다고 한다.

그럼에도 불구하고 (아는 사람은 알겠지만) 〈패

왕별희〉속 청데이의 목소리는 사실 꺼거의 목소리
가 아니다. 푸퉁화를 아무리 잘했어도 베이징 지역
의 권설음화*까지 제대로 살려내기에는 역부족이었
을 것이다.

　　꺼거의 모든 대사는 중국 시트콤의 바이블과도
같은 〈아애아가〉의 큰아들 역으로도 유명한 양립신
이 더빙한 것이다. 그래도 최소한 꺼거가 입 모양으
로 푸퉁화를 하고 있으니 입 모양조차 전혀 맞지 않
던 예전 비디오 속 더빙과는 질적으로 다르다고 할
수 있을까.

　　다행히 영화 속 몇몇 장면에는 꺼거의 목소리
가 그대로 쓰였다. 특히 데이가 원사야의 집에서 술
을 마시고 검무를 추며 창을 하는 장면이 있다. 이
장면은 천카이거 감독이 특별히 꺼거의 목소리를 남
겨둔 것으로 유명하다. 꺼거에 대한 천카이거의 애
정이 드러나는 대목이다.

　　얼마 전 재개봉한 〈패왕별희: 디 오리지널〉을

---

* 권설음화(儿化)란 글자 뒤에 접미사 '儿'을 추가해 앞
　음절의 운모(韻母)를 권설(卷舌)운모, 말 그대로 혀를
　말아올린 발음이 되게 하는 현상이다. 베이징 방언의
　두드러진 특징으로 홍콩을 비롯한 남방 지역에서는 거의
　나타나지 않는다.

봤는데, 극장에 울려퍼지던 그 허스키하고 공허한 목소리가 한참이나 귀에서 떠나지 않았다. 나 또한 이 영화를 극장의 큰 스크린으로 본 것은 처음이었다. 그래서였을까. 〈패왕별희〉는 이전과는 전혀 다른 감동으로 다가왔다. 꺼거의 연기에 대해서야 두말할 나위가 없지만, 그럼에도 그 결점 없는 완벽한 연기에 전율이 느껴졌다.

어쨌든 그 후로 꺼거는 〈야반가성〉, 〈풍월〉 같은 푸통화를 쓰는 영화를 많이 찍었다. 〈타임 투 리멤버〉(중국어 제목은 〈홍색연인(红色恋人)〉)에서 꺼거의 푸통화는 훌륭하기 그지없다. 물론 〈타임 투 리멤버〉에서 더욱 눈에 띄는 것은 그의 유창한 영어다. 아마도 꺼거에게 푸통화는 제3언어 정도였을 것이다.

한 번씩 예전 영상을 보다 보면 영어를 할 때의 자연스럽고 여유로운 모습에 비해, 푸통화를 할 때의 꺼거는 말하는 속도도 느리고 발음도 하나하나 신경을 쓰고 있다는 것이 느껴진다. 꺼거도 푸통화만큼은 나처럼 따로 공부를 하고 좀 더 신경을 써서 구사해야 했다는 사실에 묘한 동질감을 느낀다. 물론 홍콩인의 푸통화 습득 속도는 나와는 비교할 수 없이 빠르다는 것을 그때 홍콩 친구를 통해 절감했지만 말이다.

　푸퉁화 앨범 〈쁘렝땅〉이 나오고 한참 활발히 홍보를 하던 때가 생각난다. 지금은 인터넷으로 언제든 원하는 해외 방송을 볼 수 있지만 그때는 해외 방송을 볼 수 있는 방법이 많지 않았다. 그래서 홍콩의 뮤직비디오를 볼 수 있는 채널[V]를 참 열심히도 봤다. 전혀 알아듣지 못하면서도 혹시나 꺼거가 나오지 않을까 하루 종일 TV 앞에 대기하고 있다가, 꺼거 뮤직비디오라도 나오면 준비해둔 비디오테이프에 재빨리 녹화를 하곤 했다. 시판된 뮤직비디오는 이미 사서 챙겨두었으면서도 TV에 나오는 화면은 또 그것대로 녹화해두고 싶었다.

　'이달의 가수'였던가. 정확한 이름은 기억나지 않지만 스타 한 사람을 인터뷰하고 수시로 틀어주는 프로그램이 있었다. 〈쁘렝땅〉 활동 당시에는 마침 꺼거의 인터뷰도 방송이 됐다. 기억하기로는 그때 인터뷰도 푸퉁화로 진행됐는데, 당연히 유창한 푸퉁화였지만 권설음이 강하지 않은 꺼거의 발음이 왠지 귀엽고 정겨웠다.

　무엇보다 이제 막 중국어를 배우기 시작한 때여서 알아듣는 말이 한마디라도 나오면 그렇게 기분이 좋을 수가 없었다.

지금도 생생하게 기억나는 것이 있다. 꺼거가 했던 '차부둬(差不多, chabuduo, 비슷하다)' 발음이다. 본래 제4성으로 발음해야 하는 '差'를 꺼거는 제1성으로 길게 발음한다. 중국어를 배울 때 가장 많이 틀리는 것이 성조다. 나 역시 여전히 성조가 헷갈려서 사전을 찾아봐야 하는 일이 적지 않다 보니 꺼거의 '차아~부둬'가 친근하기 그지없다. '差'가 제1성, 제4성 다음자(多音字)이기도 하니까 뭐가 됐든 전달만 되면 그만이지. 조금 무책임하지만 가끔 나도 짐짓 그의 흉내를 내본다. '차아~부둬.'

1999년 발매된 앨범 〈배니도수(陪你倒数)〉에 수록된 '세상에서 당신이 나를 사랑해주기만을 바랄 뿐이에요(全世界只想你来爱我)'라는 노래가 있다. 광둥어 노래 '좌우수(左右手)'의 푸퉁화 버전이다. 제목이자 후렴부 가사이기도 한 저 문장의 첫 글자 '全(quan)'은 (외래어표기법으로는 '취안'이지만 편의상 원래 발음에 가깝게 표기하자면) '취앤'으로 발음해야 하는데 음원에는 '추안'으로 녹음되어 있다.

이 'yuan' 발음 또한 처음 표준 중국어 발음을 배울 때 주의해야 하는 발음이어서, 당시 중국어를 배운 지 얼마 되지 않았던 나로서는 어떤 발음이 맞는지 한참이나 갸우뚱해야 했다. 앨범에 녹음된 것도 그렇지만 2000년 〈CCTV MTV 음악성전〉에서 아시아최고예술인상을 받은 뒤 선보인 무대에서도 역시나 같은 발음으로 노래를 부른다.

'추안 스제~ 워 즈 샹 니 라이 아이 워.'

이 발음이 나만 이상하다고 느낀 것은 아니었는지 그 영상에는 '船世界~~(全(취앤)을 船(chuan, 추안)으로 발음한다는 의미)'로 발음하는 꺼거가 귀엽다는 중국 팬들의 댓글이 달려 있다.

"꺼거의 푸퉁화 발음이 너무 귀여워요!"

심지어 이 무대는 푸퉁화와 광둥어가 뒤섞인 몇 가지 다른 버전이 남아 있기까지 하다. 대륙에서 받은 상인지라 푸퉁화로 열창을 하던 꺼거는 그만 중간에 가사를 깜빡 잊어버리고는 광둥어 버전 가사와 푸퉁화 가사를 섞어서 부른다. 이게 CCTV 공식 영상 버전이다.

나중에 들은 바로는 그날 꺼거는 그 무대만 두세 번 녹화했는데 부를 때마다 가사가 달랐다고 한다. 무대에서 즉석으로 가사를 지어 부르는 신공을 발휘한 것이다. 광둥어와 푸퉁화, 거기에 임기응변으로 채워진 창의적 가사가 섞인 길이길이 기억될 공전의 무대가 그렇게 만들어졌다.

물론 프로로서는 정말 어이없는 실수다. 하지

만 그런 실수가 오히려 더 인간적이라고 느껴지는 건 내가 이미 객관적 판단력을 잃은 콩깍지 씐 팬이기 때문이리라.

이런 발음과 관련해 전공자 입장(물론 나도 엄밀한 의미에서 전공자라고 하긴 어렵다. 다만 중국어를 가르치고 연구하는 학자의 입장)에서 정리해보자면 'ü'와 'i'가 개음(介音)으로 오는 'üan(성모가 없을 경우 yuan)' 'ian(성모가 없을 경우 yan)'의 'a'는 '아'보다는 '애(역시나 편의상 표기)'에 가깝게 발음되어야 한다('üan'과 'ian'의 'a' 발음도 완전히 일치하는 것은 아니다).

알파벳이 익숙한 학생들은 처음 이 발음을 접하면 대부분 영어 발음을 기억하고는 '위안', '이안' 등으로 발음한다. 그래서 학생들을 가르칠 때 '今天(jintian, 오늘)'은 '진티안'이 아니라 '진티앤(외래어 표기법으로는 '진톈')'으로 발음해야 한다고 몇 번을 반복해서 강조하곤 한다.

그래도 혹시나 하는 마음에 음운학을 전공하는 지인에게 확인차 문의를 했다. 그리고 놀라운 사실을 알게 되었다. 이 발음은 원래 '위안'이었지만, 고음인 'ü'와 폐쇄 비음 'n'의 영향으로 'a'의 조음 위치가 높아지면서 후에 '위앤'으로 변하게 되었다는 것이다. 'i' 음도 마찬가지라고 한다. 지금은 '위앤' 발음이 대세일 뿐 '위안'이 구닥다리 발음이긴 해도 아예 틀린 발음은 아니란다.

그러고 보니 한국어 어문 규정의 외래어표기법 에도 'yuan'이 '위안'으로 되어 있다. 중국의 화폐 단위인 '元(yuan)'을 우리말로 '위안'이라고 하지 않는가. 아뿔싸, 결과만 알고 과정을 알지 못한 무지 다. 혹시나 해서 '차부뒤'의 성조도 물어봤다. '差' 의 성조가 제1성과 제4성이 모두 있어서 남쪽 사람 들은 제1성으로 발음하는 경향이 있단다. '위안'이 든 '차아~'든 표준 중국어로 봤을 때 올바른 발음은 아니지만, 그렇다고 완전히 틀린 것으로 보기는 또 어렵다는 말이다. 얼굴이 화끈거린다. 역시 사람은 배워야 한다.

연속 재생으로 틀어놓은 유튜브에서 꺼거가 부 른 '아메리칸 파이'가 흘러나온다. 꺼거가 경연대 회에서 처음 불렀고, 2000년 열정 콘서트에서 불러 유명해진 곡이다. 그때 꺼거는 돈 매클레인의 '아메 리칸 파이'와 마돈나의 '아메리칸 파이'가 있었다 면, 이제는 장국영의 '아메리칸 파이'를 기억해달라 고 했었다. 최소한 내게는 그 바람이 현실이 된 것 같다. 내게 '아메리칸 파이'는 다른 누구도 아닌 장국영의 노래다.

꺼거의 앨범에는 적지 않은 영어 노래가 포함되어 있다. 후기 앨범에 꼭 한 곡씩은 영어 노래가 있었고, 첫 공식 앨범은 아예 전부 영어 노래였다. 콘서트에서도 영어 노래를 많이 불렀다. 꺼거의 과거 영상에는 영어 인터뷰도 상당히 많다.

아주 예전에 한국에 와서 예능 프로그램인 〈자니 윤 쇼〉나 〈토요일 토요일은 즐거워〉에 출연했을 때 또한 모두 영어를 사용했다. 투유 초콜릿 광고를 찍었을 때도 중국어 노래를 영어로 개사해서 불렀고, 우리나라 배우 정우성이 출연해 이슈가 된 영화 〈상해탄〉 촬영지에서 했던 인터뷰에서 리포터와 주고받은 말도 영어였다. 〈패왕별희〉가 칸 황금종려상을 받았을 때 진행한 여러 인터뷰에서 영어를 하는 그는 얼마나 섹시했던가.

그 많은 영어 인터뷰, 영어 노래를 두고, 내게 그는 늘 중국어를 하는 사람이었으니 나도 참 단순하다. 새삼 그의 영어 실력에 감탄하며 나도 모르게 생각하게 된다. 그 시절 내가 처음 본 꺼거의 인터뷰가 중국어가 아닌 영어로 진행된 것이었다면 어땠을까. 꺼거가 영어를 하는 모습을 먼저 봤다면 나는 과연 중문과를 선택했을까?

꼭 전공이나 진로가 아니더라도 꺼거의 영어 실력에 조금만 더 일찍 관심을 가졌으면 지금쯤 내 영어도 꽤 쓸 만하지 않았을까. 중국어가 아무리 중요해졌다 해도 역시나 영어는 영어니까. 그 시절 내가 조금만 더 현명했다면 대학 시절 어학연수와 교환학생을 중국으로만 두 번을 가지는 않았을 것이다. 당연히 중국으로 가야 한다고 고집했던 것은 나였으니 누구를 탓하랴. 지난 시절을 두고 이렇게 푸념을 할 바에는 차라리 그 시간에 영어 단어 하나라도 더 외우는 것이 나을 수도 있겠다. 어쨌든 지금도 내게는 영어가 버거운 짐인 것은 부인할 수 없으니 말이다.

언젠가 본 꺼거의 영어 인터뷰 영상에 달린 어느 팬의 댓글이 생각난다.

"나도 30년 일찍 태어나서 영어 공부 좀 할 걸…."

아마도 뒤늦게 꺼거를 좋아하게 된 어느 팬이 좀 더 일찍 태어나서 영어를 잘했으면 얼마나 좋았을까 넋두리를 한 것이리라. 그러게나 말이다. 나도 10년 일찍 태어나서 영어 공부 좀 더 할걸….

한원서점 소파에 앉아

상하이는 꺼거와 꽤 인연이 있는 곳이다. 영화 〈풍월〉, 〈상해탄〉, 〈타임 투 리멤버〉, 〈유성어〉를 상하이에서 찍었다. 화보집 『경(庆)』을 촬영한 곳도 상하이였으며, 열정 콘서트 순회 공연지 중 하나이기도 했다.

우연인지 몰라도 중국 대륙 팬클럽 중 가장 큰 규모를 자랑하는 '영문객잔(荣门客栈)'의 주요 본거지 역시 상하이이어서 지금도 상하이에서는 매년 다양한 행사가 활발하게 열린다. 덕분에 상하이에서 생활한 몇 년 동안은 꺼거와 관련된 행사에 여러 번 참여할 수 있었다. 한국으로 돌아온 뒤에도 영문객잔의 위챗(중국의 메신저 서비스) 공식 계정을 팔로우하며 관련 소식을 받아 보고 있다.

꺼거 본인도 상하이를 좋아했고 자주 방문해서 중국 대륙에서도 꺼거의 흔적이 많이 남아 있는 곳이 바로 상하이다.

한국에서 박사를 수료하고 처음 유학을 고려했을 때 사실 나는 홍콩으로 가고 싶었다. 꺼거의 고향이었고 또 홍콩중문대학에 대한 왠지 모를 기대감이 있었기 때문이다. 홍콩 최고 대학인 중문대는 중문과의 명성이야 두말할 나위가 없고, 꺼거가 특별 강연을 했던 곳이기도 했다(꺼거의 모교는 아니다. 꺼거는 영국에서 대학을 다니다 중퇴했다). 이런 막연한 동경으로 만약 다시 중국에서 생활할 일이 생긴다면 홍콩으로 가면 좋겠다고 생각했다.

하지만 워낙 갑작스럽게 유학을 결정한 터라 원서 지원 시기를 놓쳤다. 사실 영어도 문제였다. 아무튼 이러저러한 이유로 최종 선택은 상하이가 되었다. 꺼거와 홍콩이 가지는 의미 때문에 당시 홍콩으로 가지 못한 것이 못내 아쉬웠지만(나중에 꺼거가 강연을 했다는 홍콩중문대학의 강의실 앞을 얼마나 서성였던가) 다시 생각해보면 상하이로 유학을 간 것은 정말 잘한 선택이었다. 꺼거가 없는 홍콩은 내게 더 이상 그렇게 아름답지도 낭만적이지도 않은 곳이 되어버렸기 때문이다. 만약 홍콩으로 갔다면 그곳에 머무는 내내 점점 희미해지는 꺼거의 흔적에, 점점 사라져가는 홍콩의 정취에 우울하게 지냈을지도 모를 일이다.

상하이행이 결정된 후 지도 교수님이 내게 말씀하셨다.

"연구 주제만 보면 베이징이 더 맞긴 한데, 그래도 너한테는 상하이가 딱 맞아. 네 성격을 보면."

그랬다. 나는 상하이의 자유로움이 좋았고, 활기가 좋았다. 가끔 농담 반 진담 반으로 나는 도시가 좋고 도시를 벗어나서는 살고 싶지 않다는 말을 하곤 한다. 상하이야말로 바로 그 '도시'였다. 고요함보다는 편리함과 번화함을 좋아하는 내 성향에 딱 맞았다. 게다가 이 도시는 나에게 너무 좋은 사람들을 만나게 해주었고 나의 또 다른 학문적 고향이 되었다.

무엇보다 상하이는 꺼거가 가장 좋아한 중국 대륙의 도시 중 하나가 아니던가. 숨바꼭질을 하듯 보물찾기를 하듯, 상하이는 내게 꺼거의 흔적을 찾는 뜻밖의 즐거움을 선사해주었다. 상하이에 있는 동안 꺼거가 다녀간 많은 곳을 나도 일부러 찾아갔고, 또 무심코 돌아다녔던 곳이 알고 보니 꺼거가 다녀갔거나 꺼거와 연관된 곳인 적도 있었다.

그러고 보니 내가 중국으로 배낭여행을 가 처음 발을 디딘 곳도 바로 상하이였다. 그런 곳을 10여 년 만에 다시 오게 된 셈이었다.

상하이에서 가장 좋은 곳이 어디냐고 묻는다면, 나는 단연 와이탄 일대를 꼽을 것이다. 복잡한 난징둥루(南京东路)를 벗어나면 확 트인 황푸장강(黃浦江) 너머로 빽빽하게 들어서 있는 푸둥의 화려한 마천루가 눈에 들어온다. 촌스럽지만 정겨움 가득한 동방명주부터 내가 귀국하기 직전에 전열을 완비

한 고층 삼형제까지. 찾을 때마다 화려함을 더하는 푸둥의 경관은 혹시 저러다 땅이 가라앉기라도 하면 어쩌지 걱정하게 될 만큼 압도적이다. 그러다가도 뒤를 돌아보면 마치 유럽에서나 봤을 법한 고풍스러운 옛 건물들이 화려한 조명을 받으며 위풍당당하게 늘어서 있다.

　너무 뻔한 표현이지만, 황푸장강을 사이에 두고 과거와 미래가 공존한다. 그런 만큼 몇 번을 봐도 질리지 않는 매력이 가득하다. 무거운 배낭을 메고 버스 타고 전철 타고 꾸역꾸역 찾아다녔던 꼬꼬마 시절부터 이후 출장을 오건 여행을 오건 나는 가장 먼저 이곳을 찾았다. 그리고 상하이에서 생활한 내내 기분이 좋거나 우울하거나, 좋은 일이 있거나 나쁜 일이 있거나, 별일이 있거나 별일이 없어도 이곳 와이탄을 찾았다. 화려하면서도 적막함이 가득한 불빛 속에서 알 수 없는 위로를 받았던 것 같다.

　처음 와이탄에 왔을 때만 해도 산책로에 간간이 놓인 벤치에 앉아 강 건너 푸둥의 불빛을 바라보는 즐거움이 있었다. 그런데 어느 순간 모든 벤치가 사라지고 이곳은 정지하지 않고 계속 이동해야 하는 말 그대로 '보행로'가 되어버렸다. 그래서인지 언젠가부터는 황푸장강 건너 와이탄 맞은편의 빈장공원을 좀 더 자주 가게 되었다. 관광객이 조금은 덜한 그곳 벤치에 앉아 바라보는 와이탄의 노란 불빛은 정말이지 너무 아름답다.

이 아름다운 곳을, 아름다운 것을 좋아하기로 는 누구에게도 뒤지지 않을 꺼거가 좋아하지 않을 수 있었을까. 꺼거는 와이탄의 아름다운 경관을 볼 수 있는 노천 카페나 레스토랑을 좋아했다고 한다. 특히 루프톱 카페 엠온더번드(M on the Bund)의 노 천 테이블을 좋아했다.

상하이를 떠나기 얼마 전, 벼르고 벼르던 엠온 더번드를 찾았다. 그동안 와이탄과 푸둥의 많은 곳 에서 야경을 봤지만, 그제야 진짜 제대로 된 뷰를 발 견한 느낌이었다. 호형(弧形)으로 길게 이어지는 황 푸장강 서쪽의 와이탄과 동쪽의 푸둥 경관이 한눈 에 펼쳐지는 것이 장관이었다. 이 일대의 경관을 모 두 볼 수 있어 특히 좋아했다는 꺼거의 말이 한순간 이해되었다. 그리고 다시 한 번 느낀다. 그가 얼마나 아름다운 것을 좋아하는 사람인지.

와이탄 일대는 꺼거가 개인적으로 찾기도 했지 만 영화 촬영지로도 자주 쓰인 곳이어서 영화 속 장 면을 떠올리며 촬영 장소를 찾아내는 재미가 쏠쏠했 다. 와이탄 저 북단의 와이바이두차오(外白渡桥)는

〈유성어〉, 인민영웅기념탑과 푸둥발전은행은 〈타임 투 리멤버〉, 초록색 지붕이 인상적인 고풍스러운 호텔 허핑판뎬(和平饭店)의 안쪽 복도 끝 계단은 〈풍월〉을 촬영한 곳이다.

〈상해탄〉에 나오는 '승리의 여신상'도 와이탄에 있는 줄 알고 그 일대를 얼마나 열심히 헤매고 다녔는지 모른다. 알고 보니 실물은 이미 전쟁·당시 일본군에 의해 사라졌고, 조각상이 등장하는 장면은 상하이 외곽에 있는 세트장에서 촬영한 것이란다.

영화 촬영지 이야기를 하자면 신기하게도 내가 공부한 푸단대학 또한 꺼거와 적지 않은 인연이 있는 곳이다. 언젠가 〈타임 투 리멤버〉의 마지막 처형 장면을 촬영한 곳이 상하이의 옛 공항터라고 들은 적이 있었는데 아무리 찾아도 당최 어느 공항인지 알 수가 없어서 답답해하던 참이었다. 나중에 알고 보니 푸단대학 장완(江湾) 캠퍼스와 그 일대의 아파트 단지인 장완신성(江湾新城)이 바로 다름 아닌 옛 장완공항 터였다. 장완이라는 이름이 어쩐지 익숙하다 했는데 바로 코앞에 두고도 알지 못했던 것이다. 이제 영화 속 모습은 흔적도 없지만 두어 번 나들이를 가본 장완 캠퍼스와 장완신성이 바로 그곳이라는 생각에 괜한 뿌듯함이 밀려왔다.

현재 상하이의 모습을 떠올리면 북쪽 외곽에 있는 장완에 어떻게 공항까지 있었을까 싶다. 이 일대는 원래 민국정부 시기, 외세의 조계지를 벗어나 상하이의 새로운 중심지로 삼으려 했던 곳이었다. 그래서 푸단대학 주변의 많은 거리 이름에 '政(정)' 자나 '国(국)' 자가 들어간다고 한다.

한 가지 더 재미있는 것은, 결국 포기하고 말았지만 한때나마 열심이었던 테니스 동아리에서 연습을 위해 매주 주말마다 찾았던 상하이체육대학의 본관 건물이 바로 그 시기 상하이 시정부 건물이었다는 사실이다. 어쩐지 학교 건물치고 엄청 으리으리하다 했다. 그리고 이곳 또한 〈타임 투 리멤버〉의 촬영지이기도 하다.

물론 이 모든 사실을 안 것은 테니스를 치기 시작하고도 한참 지난 후였다. 그 사실을 알고서는 테니스장에서 꽤 멀리 떨어진 학교 본관 건물까지 굳이 찾아가 한 번 더 살펴보고 돌아 나온 기억이 난다. 나의 무던함과 무심함을 탓할 법도 했지만 그렇게 깜짝 선물처럼 색다른 기쁨을 느끼는 것도 나쁘지는 않았다. 일부러 찾아다니지 않아도 역시 꺼거와 나는 어떻게든 연결되어 있는 것 같다고도 생각했다.

이외에도 인민광장이나 신톈디(新天地) 일대, 열정 콘서트가 열렸던 상하이체육관 등등 상하이에는 꺼거의 흔적을 찾을 수 있는 곳이 참 많다. 그중 상하이박물관은 2002년 말 특별 전시를 보기 위해 비공식 방문한 꺼거의 모습이 담긴 CCTV 화면이 최근 공개되면서 많은 팬들에게 새로운 성지로 등극했다. 특별 전시 작품을 보기 위해 일부러 홍콩에서 찾아왔다는 후문이다. 역시 꺼거다.

그렇게 자주 찾은 곳이니 당연히 상하이의 여러 고급 호텔과 음식점 등도 꺼거의 방문지로 자주 언급된다. 꺼거는 상하이에 오면 꼭 홍사오러우(红烧肉, 홍소육)를 먹었다는데, 그래서 그런지 꺼거가 방문한 것으로 유명한 몇몇 식당을 보면 하나같이 홍사오러우 맛집이다.

상하이를 대표하는 음식 중 하나인 홍사오러우는 엄청 두꺼운 비계 밑에 살코기가 조금 달려 있는 돼지고기 간장 조림이다. 이 비계와 살코기의 적절한 비율에서 나오는 고소함이 일품이라고 한다.

내가 알기로 꺼거는 건강을 중요하게 생각해 음식도 늘 건강에 좋은 것들만 좋아했다는데, 홍사오러우의 비계를 보고 있으면 이게 과연 건강식인지는 잘 모르겠다. 나도 여러 번 먹어봤지만 이 두꺼운 비계에는 영 적응이 되지 않아 늘 비계 밑에 수줍게 달려 있는 살코기만 골라 먹는다. 절미(絶味)를 온전히 느끼기에 나는 너무 아이 입맛인가 보다.

한번은 친구들을 데리고 굳이 상하이 맛집이라며 라오지스주자(老吉士酒家, Old Jesse Restaurant)를 찾아간 적이 있다. 번화한 화이하이루(淮海路)에서 살짝 벗어난 골목의 한쪽에 자리한 식당은 생각보다 좁았다. 복층 구조로 되어 있는 이 식당에서 꺼거는 2층 전체를 빌려 식사를 했다고 한다. 2층을 올려다보면서 '저곳이었구나, 생각보다 층고가 낮은 것 같은데 괜찮았나' 생각하며 혼자 웃었다. 친구들은 '장국영' 맛집보다는 '미슐랭' 맛집에 더 관심이 있어 보였지만 모두 만족했으면 됐다.

이제 막 더위가 시작되던 초여름 어느 날, 아마 중요한 시험을 치르고 난 뒤였을 것이다. 꺼거의 상하이 발자취를 정성스럽게 정리해놓은 블로그 내용을 핸드폰에 저장하고서 운동화 끈을 단단히 묶은 다음 기숙사를 나섰다. 화이하이루를 따라 상하이영화관(上海影城) 주변과 루이진루(瑞金路) 일대를 걸으며 그간 미처 가보지 못했던 꺼거의 성지를 찾아 골목골목을 걸었다. 이른바 '상하이에서 꺼거 따라 잡기'였다.

혼자 하루 종일 이곳저곳을 걸으며 시간은 다르지만 꺼거와 함께라는 생각을 했다. 내가 전혀 알지 못했던 새로운 상하이를 경험하는 기분이었다. 시간이 흘렀어도 여전히 화려한 곳도 있었고, 낡은 간판이 세월의 흐름을 보여주는 곳도 있었다. 이제 존재하지 않는 곳도 적지 않았다. 전 세계에서 가장 빠르게 변하고 있는 곳 중 하나인 상하이에서 십수 년 넘게 남아 있는 것만 해도 기적에 가까운 일일지도 모르겠다.

　　꺼거가 즐겼다는 몇몇 식당 입구에서는 차마 들어가지는 못하고 쭈뼛쭈뼛 식당 안을 기웃거렸다. 어느 낡은 식당의 입구 한편에는 식당 주인인 듯한 사람이 유명인과 함께 찍은 사진이 여러 장 붙어 있었다. 단번에 꺼거의 사진이 눈에 들어왔다. 작고 낡은 식당인데 여기도 홍사오러우 맛집인가. 함께 사진을 찍은 식당 주인을 부러워하며 발걸음을 옮겼다. 그러다 생각했다. 굳이 기록으로 남아 있지 않더라도, 상하이에 오면 당연히 다녔을 많은 곳을 그 옛날 꺼거도 다녔을 거라는 사실을. 내가 걸었던 이 길을, 내가 먹고 마신 이 음식을, 내가 본 이 야경을, 그도 언젠가 걷고 먹고 보지 않았을까? 상하이에 나만 아는 꺼거와의 추억이 또 하나 생겼다.

꺼거의 흔적이 그렇게나 많이 남아 있는 상하이에서, 그래도 내가 가장 좋아하는 꺼거 성지를 꼽자면 단연 한원서점(汉源书店)이다. 그 옛날 인쇄소와 출판사가 모여 있던 사오싱루(绍兴路) 한쪽에 자리 잡은 북카페인데 꺼거가 상하이에 오면 늘 들른 곳이라고 한다. 꺼거는 이곳에서 차를 마시며 조용히 책 보는 것을 즐겼다. 열정 콘서트 당시에는 저녁에 콘서트 하러 가야 하는 것을 매우 아쉬워했다는 일화도 전해진다. 커다란 통창 밖으로 오동나무가 늘어선 작지만 정겨운 거리를 보고 있자면 과연 조용하고 섬세했던 꺼거가 좋아한 곳답게 아늑하고 고풍스럽다.

한원서점에는 꺼거가 앉았던 소파가 남아 있었다. 너무 오래돼서 언제 부서져도 전혀 이상할 것 같지 않은 낡은 소파였다. 소파를 덮어둔 베이지색 천을 살짝 들춰 화보집 『경』의 사진 속 꺼거가 앉았던 그 소파임을 확인했다. 소파 여기저기에 묻어 있는 세월의 흔적에서 시간은 그날 이후로도 멈추지 않고 계속 흐르고 있었음을 깨닫는다.

이미 낡을 대로 낡아 시트가 푹 꺼진 소파에 나도 조심스럽게 앉아보았다. 얼마나 떨리고 감격스러웠는지. 이 소파에 깊숙이 기대어 앉아 책을 보는 꺼거의 사진이, 그 편안한 모습이 자꾸만 눈에 아른거려 나도 모르게 울컥 무엇인가 올라왔다.

북카페인 만큼 커다란 책장에 많은 책이 꽂혀 있었다. 그중에는 꺼거 팬들이 남긴 메모며 사진을 모아둔 사진첩도 몇 권 있었다. 팬들이 남긴 메모와 사진을 보며 꺼거는 여전히 이렇게 많은 사람들의 사랑을 받고 있구나 싶었다. 애틋하고 절절한 팬들의 마음 또한 느껴졌다.

한국으로 돌아오고 얼마 지나지 않아 한원서점이 없어졌다는 소식을 들었다. 책을 읽는 사람이 줄어드는 시대에 북카페 역시 더 이상 살아남기 어려웠던 것일까? 임대 계약이 연장되지 않았다고 했다. 상하이의 많은 곳이 하루가 멀게 달라지고 있으니 이곳 역시 예외는 아니었나 보다. 상하이에 가면 찾아갈 곳이 하나 줄었다는 사실에, 꺼거의 성지 중 한 곳이 또 사라졌다는 사실에 오랜 시간 마음이 울적했다.

얼마나 시간이 지났을까. 한원서점의 꺼거 자료가 한위안후이(汉源汇)라는 이름의 카페로 옮겨졌다는 글이 한국 팬카페에 올라왔다(원래 같은 주인이 운영하는 곳이었다고 한다).

그 글에는 한위안후이에서 찍은 사진도 몇 장

있었는데, 어째 익숙한 메모가 눈에 보였다. 상하이에 놀러 온 문숙이와 함께 한원서점을 찾았을 때 꺼거의 사진첩 한편에 우리가 끼워둔 메모였다.

　　그때 마땅한 메모지가 없어서 나는 항저우에서 열린 꺼거 전시회에 다녀오면서 가지고 있던 항저우행 기차표와 종이로 접은 하트에, 문숙이는 지갑에서 천 원짜리 지폐를 꺼내 메모를 남겼다. 바로 그 메모가 중국 팬들의 메모와 함께 한위안후이 카페에 전시되어 있었다. 그들이 보기에 한글 메모가, 특히 천 원짜리 지폐가 평범하게 보이진 않았나 보다. 본의 아니게 꺼거 팬임을 만천하에 공개하게 되었다. 쑥스럽지만 직접 보러 한번 가봐야겠다. 상하이에 갈 이유가 하나 더 늘었다.

이 모든 영광을 꺼거에게

누군가 그랬다. 학위 논문은 자식을 낳는 것과 같은 고통과 인내의 시간을 견뎌야 한다고. 학위 논문을 완성하려면 위, 장, 눈, 폐 같은 장기 하나를 내놓아야 한다는데(폐는 아무래도 학위 논문 때문이라기보다는 상하이의 미세먼지 때문은 아닐는지), 그나마 나는 내 장기들을 잘 간수한 것 같다. 이따금씩 찾아오는 위경련과 뒤집힌 피부 정도라면, 선방이다.

상하이에 있는 동안 규칙적인 생활을 하려고 노력했다. 첫 유학도 아니었고 나이도 나이인지라 해외 생활에 대한 이런저런 호기심보다는 정해진 시간 내에 모든 것을 마치는 것이 가장 큰 목표였다. 아침이면 100주년 기념관인 광화러우(光华楼) 10층 중문과 자료실로 출근했고(그 딱딱한 직각 의자를 버텨낸 나의 엉덩이에 박수를!), 점심에는 학생식당에서 야심차게 내놓은 샐러드를 사 먹으며 치열하게 논문을 썼다. 그리고 저녁에는 푸단대학 캠퍼스를 걸어 다녔다. 때로는 혼자서, 때로는 산책 친구와 함께. 기숙사를 출발해 느릿느릿 두런두런 이야기를 나누며 캠퍼스를 한 바퀴 돌면 딱 한 시간 정도 걸렸다.

흐릿한 조명만 이따금 비추는 어두컴컴한 캠퍼스는 언제나 열심히 조깅하는 중국 학생들로 넘쳤다. 전원 기숙사 생활을 하는 중국 대학생들은 좁은 기숙사 방에서 나와 아침마다 또는 밤마다 무리를 지어 달리기를 하곤 했다. 그들의 모습에 휩쓸려 함께 달릴 법도 했지만 나 또는 우리는 절대 뛰지 않고 꿋꿋이 걸어 다녔다.

기숙사를 나서서 15분 정도 걸으면 학교 건물이 있는 캠퍼스에 도착한다. 낮은 조명으로 어둡기만 한 캠퍼스에 유난히, 정말이지 온몸으로 빛을 뿜는 건물이 있었다. 다인실에서 기숙 생활을 하는 중국 학생들을 배려해 방에서 나와 공부할 수 있도록 24시간 개방하는 건물이다.

내가 산책하는 시간은 보통 밤 10시에서 11시 사이였는데, 그 시간이 되도록 흐트러짐 없이 집중해서 공부하고 있는 중국 대학생들을 보고 있자면, 박사 과정을 하고 있는 나의 공부량이 한참 부족한 듯하여 부끄러웠다. 이래서 중국이 무서운 거구나 싶었다. 그 시간 다쉐루(大学路)*의 어느 술집이나 클럽을 전전하고 있을 유학생들의 모습과 과거 나의 대학 시절이 겹쳐 보여 조금은 씁쓸하기도 했다. 그

* 다쉐루는 고급 음식점이 모여 있는 푸단대학 근처의 거리 이름이다. 한자를 우리말로 읽으면 대학로다. 어디나 대학 근처에는 대학로가 있는 것인가. 나름 상하이 10대 미식 거리 중 하나다.

건물이 유난히 빛난다고 느낀 건 온전히 교실 조명 때문만은 아니었으리라.

혼자 산책을 하면 그날 낮에 쓴 논문 내용을 머릿속으로 정리하거나 앞으로 살아갈 날을 고민했다. 둘이라면 각자의 논문에 대한 푸념, 유학 생활의 고단함, 불안한 미래에 대한 걱정을 시작으로 정치, 사회, 문화 등 정말 다양한 이야기를 나누곤 했다.

돌이켜보면 그 한 시간의 밤 산책이 내게는 최고의 힐링 시간이었다. 여러 기억들이 마치 영화의 한 장면처럼 스쳐간다. 힘들었지만 그 어느 때보다 고요했으며 규칙적이었고 치열했던, 그럼에도 소소한 즐거움이 많았던 시간이었다.

그래도 학위 논문은 한 번만 써서 정말 다행이다(가끔 소위 '쌍박'이라고 하는, 즉 박사 학위를 두 개나 하시는 '위대한' 선생님들이 계시는데, 정말이지 경의를 표한다).

그 짧고도 긴 시간을 지나 마침내 졸업을 눈앞에 두게 되었다. 절대 불가능할 것 같던 논문을 마무리하고, 예비 심사와 외부 심사, 블라인드 심사, 최종 심사를 거쳐 논문이 통과됐다. 답변(答辯, 최종 학위 심사)을 마치고 장장 200페이지가 넘는 논문을 손에 들고 보니 힘들었던 기억보다는 보람과 성취감에 가슴이 뜨거워졌다.

재미있게도 중국 대학은 한국 대학과 달리 박사학위 논문 마지막에 '치사(致谢)'라는 것을 추가하는 특이한 관행이 있다. 후기 형식을 빌려 논문을 작성하며 도움을 받은 지도 교수님이나 여러 선생님들, 또 동문이나 가족에게 감사의 말을 남기는 것이다. 나 역시 길고도 짧았던 4년의 유학 생활을 마치며 치사를 작성했다. 감정 과잉 상태였는지 짧게 쓰려고 시작한 것이 그만 세 페이지에 이르는 긴 글이 되었다. 감사할 사람이 정말 많았나 보다.

중국에서는 한국처럼 논문을 인쇄해서 지인에게 나누어주거나 하지 않는다. 그래도 한국 관행을 따라 논문 몇 권을 인쇄해 감사의 마음을 담아 지도 교수님께 한 권 드렸다. 베이징으로 돌아가시는 날(지도 교수님은 베이징과 상하이를 오가시며 우리를 지도하셨다), 배웅을 위해 만난 지도 교수님께서 나를 보는 표정이 왠지 익살스러워 보였다. 말을 할까 말까 망설이는 듯 입술이 움찔거렸다.

"어젯밤에 네 치사 읽다가 마지막에 크게 웃었단다. 장국영이라니, 하하하."

그렇다. 나는 치사를 쓰면서도 꺼거에 대한 감사의 말을 잊지 않았다. 학위 논문 치사에서 감사의 마음을 전한 그 많은 사람 중에 꺼거는 단연 내 마지막 감사의 주인공이었다.

마지막으로, 나의 영원한 우상 장국영 님을 언급하지 않을 수 없을 것 같다. 처음 그의 영화를 본 중학교 1학년의 어느 날부터 박사를 졸업하는 지금 이 순간까지, 지난 20여 년의 시간 동안 나는 줄곧 그의 충실한 팬이었다. 그를 좋아하지 않았다면 아마도 나는 중국어를 배울 생각은 꿈에도 하지 않았을 것이고 그랬다면 당연히 오늘의 이 영광도 없었을 것이다.

조금은, 아니 사실 많이 괴짜스럽지만, 그렇게 하는 것이 당연하다고 생각했다. 이 말은 정말 한 치의 거짓도 없는 진심이다. 어린 시절 내가 중국어를 배우고자 마음먹은 것은 온전히 꺼거가 하는 말을 알아듣고 싶었기 때문이다. 꺼거와 대화하고 싶었기 때문이다. 마침 중국어가 미래의 언어라며 한창 붐을 이룬 시기이기는 했지만, 그래도 꺼거를 알지 못했다면 중국어를 배우기는커녕 인문계 진학조차 생각하지 않았을지도 모른다.

그런 의미에서 나의 성장을 기다려주지 않고

먼저 떠나버린 꺼거가 야속하다. 그때는 실력이 너무 부족해서 '꺼거'라는 그 한마디도 쉽사리 입 밖으로 나오지 않았다. 비록 중간에 잠깐 방황하기는 했어도 너무 멀리 옆으로 새지 않고 다시 돌아온 내가, 이 두꺼운 논문을 손에 쥐고 꺼거에게 감사의 마음을 전할 수 있는 내가 조금은 대견스럽다. 과장을 아주 조금 보태자면 나를 박사로 만든 건 8할이 꺼거라 해도 과언이 아니다.

한국으로 돌아와 선생님들께, 또 선배와 동기, 후배 들에게 귀국 신고를 하면서 논문을 드릴 때면 어김없이 지도 교수님과 비슷한 반응이 돌아왔다. 논문 내용이나 유학 생활에 대한 이야기보다 논문 치사의 마지막 한 단락이 더 많은 이야깃거리가 되었다. 나중에는 아예 내가 먼저 논문 맨 마지막 페이지를 펼쳐 보이며 이야기했다.

"제 감사의 말 좀 보세요."

"응? 장국영?"

다들 어이없어했다. 그러면서도 대단하다고 했다. 논문이 대단하다는 것이 아니라 나의 열정과 끈기가 대단하다는 것이다. 연예인이 좋아서 박사까지 한 나의 못 말리는 팬심에 고개를 절레절레 저으면서도 아낌없는 응원을 보내주었다. 적어도 내게 '장국영' 이 세 글자는 나의 열정과 끈기를 증명하는 트레이드마크가 된 듯하다.

지금도 가끔 논문을 들출 때면 나도 모르게 맨 마지막의 치사를 가장 먼저 찾아보게 된다.

谢谢, 感谢, 谢意….

감사, 감사, 감사….

정말 많이도 감사했다. 어떻게 썼는지 이제 기억조차 흐릿한 이 논문은 나 혼자 쓴 게 아니다. 결국 이 많은 사람의 도움이 있었기에 무사히 정해진 시간 안에 모든 것을 마무리하고 돌아올 수 있었으리라. 가끔 마음이 느슨해지고 흐트러질 때면 치사를 보며 그때의 감격을 되새겨 마음을 다잡는다.

하이라이트는 역시나 마지막 감사의 대상이다. 내가 봐도, 정말 웃기다. 결코 의도하지 않았지만 논문의 훌륭한 마무리가 되었다고 생각한다. 이런 것을 두고 바로 화룡점정이라고 하는 게 아닐까.

후영미

한동안 졸업과 귀국의 벅참, 또 처음 강단에서 학생들을 만난다는 설렘에 취해 에너자이저라도 된 듯 파이팅이 넘쳤다. 새롭게 시작된 한국 생활은 낯설면서도 그만큼 신선하고 흥분됐다. 하루 수면 시간이 네댓 시간도 채 되지 않는 나날이었어도 피곤한지 몰랐고 응당 그래야 하는 줄 알았다.

유난히 빠른 적응력 덕분에 흥분 가득했던 시간은 금세 특별할 것 없는 평범한 일상이 되었다. 눈앞에 주어진 과제를 해치우듯 수업을 하고 논문을 쓰고 각종 행정 업무를 처리했다. 모든 일이 그렇듯 큰 산 하나를 넘었다고 한숨 돌리기 무섭게 또 다른 산, 아니 더 큰 산맥이 기다리고 있는 것 같았다.

겨우 학위 논문을 마쳤는데 이제는 어디를 가나 논문을 써야 한다고 실적을 재촉했다. 인문학 전공이, 그것도 외국어학 전공이 논문을 쓰면 얼마나 쓸 수 있단 말인가. 전공에 대한 자부심도 있지만 동시에 전공을 어학으로 선택한 것이 조금은 원망스러웠다. 당최 글에 낭만이 없고 딱딱하기만 하니 안 그래도 메마른 정신 상태가 쩍쩍 갈라질 지경이었다.

그렇게 정신없는 첫 학기가 지나고 종국에는 약간 '그로기' 상태에 이르고 말았다. 전공서를 보기가 힘들었다. 논문이 한 줄도 써지지 않았다. 머릿

속은 온통 논문 생각으로 꽉 차 있는데 정작 논문을 쓸 머리가 돌아가지 않았다. 조금 비워야 할 때가 온 것인가.

꺼거에 대한 논문을 쓰려고 마음먹은 것은 그 즈음이었다. 사실 공부로 진로를 전환한 후, 비록 전공은 어학을 선택했지만 언젠가 꺼거에 대한 논문이나 책을 꼭 써보고 싶다고 생각해왔다. 꺼거의 팬으로서 내가 해야 할 일종의 과업 같았다고 할까. 중국에 있으면서 좀 더 진지하게 그런 고민을 하게 되었다. 중문과 세부 전공으로 영화 전공이 있다는 사실을 알게 되면서부터다.

모든 중국 대학이 그러한지는 모르겠으나 내가 다닌 푸단대학에는 중문과에 영화 전공이 있었고 이를 전공하는 유학생들도 있었다. 나도 영화 전공 수업을 한 과목 수강한 적이 있다. 영화에 대한 학문적 접근이 기대만큼 흥미롭지는 않았지만 적어도 내 전공 수업보다는 말랑말랑한 이야기가 오갔다.

그리고 그때 학문적으로 영화배우에 대한 연구가 가능하다는 사실을 알게 되었다. 물론 영화 전공도 감독이나 작품에 대한 연구가 대부분이고 아직까지 배우에 대한 연구가 보편적이라고 할 수는 없지만 충분히 흥미로워 보였다(당시를 기준으로 배우 장

만옥을 연구한 석사논문이 하나 있었다). 영화를 전공하던 유학생 동기 언니와 가끔 중국 영화나 홍콩 영화에 대해 이야기를 나누다 보면, 언니는 나의 박학 '잡다'한 지식에 놀라며(당연히 내가 얘기하는 영화 리스트와 에피소드는 전부 꺼거와 관련된 것들이었다) 농담 섞인 말을 건네곤 했다.

"장국영을 연구하지 그랬어?"

"그러게요. 이런 전공이 있는지도 몰랐네요."

그때는 그렇게 웃어 넘겼지만 언젠가 한 번쯤 그런 일을 할 수 있지 않을까 막연히 생각했다. 그리고 마침 15주기를 맞아 나름의 추모 방식을 찾던 중, 삐걱대는 두뇌에 잠시 휴식을 주고자 벼르고 벼르던 '외도'를 감행하기로 했다. 아, 이처럼 건설적인 외도라니.

내가 관심을 가진 것은 꺼거 본인에 대한 것이라기보다는 꺼거의 팬에 대한 것이었다(아무리 배우에 대한 연구가 가능하다고 해도 감히 꺼거 본인을 연구할 수 있을까). 보편적인 스타의 팬덤과 비교해 꺼거의 팬은 조금 특별한 면이 있다. 꺼거가 세상을 떠나고 십수 년이 지난 현재까지도 새로운 팬들이 계속 생겨나고 있다는 점이다. 나도 꽤 오래된 팬이라 할 수 있지만 엄밀히 말해서 1세대 팬은 아니다. 조금

거칠게 구분해 1989년 은퇴 이전의 팬들을 1세대 팬이라고 한다면, 그 후 세대는 2세대 팬이라 할 수 있다. 나는 1995년 복귀 이후 그의 팬이 되었으니 2세대 팬인 셈이다.

그 시절 한국과 홍콩, 일본을 오가며 꺼거를 만났다는 1세대 팬들을 나는 얼마나 부러워했던가. 그나마 운이 좋아서 두 차례 내한 때 꺼거를 직접 보고 사인도 받았지만 한 번도 그의 콘서트를 가보지 못한 것은 정말이지 두고두고 땅을 치고 통곡할 일이다. 그때는 진짜 한국으로도 순회 공연을 올 줄 알았다. 그래서 나름 티켓 값도 열심히 모았다. 이제 와 후회해도 소용없지만, 이럴 줄 알았다면 그때 홍콩, 중국, 일본, 미국, 캐나다, 말레이시아… 어디든 날아갔어야 했다.

아무튼 1세대, 2세대 팬들은 그래도 꺼거의 활동을 직접 눈으로 보고 귀로 듣고 운 좋게 한두 번이나마 꺼거를 직접 만나 사인도 받을 수 있었다. 반면 꺼거의 활동 시기에는 태어나지 않았거나 너무 어려서 그를 알지 못하다가 그가 세상을 떠난 후 비로소 팬이 된 이들이 있다. 바로 3세대 팬들이다.

이들은 중국어로 장국영의 팬을 뜻하는 '영미(荣迷)'와 구분하여 '후영미(后荣迷)'라고 이름 지어

질 만큼 방대한 규모로 생겨나고 있다. 후영미의 활동이 워낙 활발하게 이루어지고 있어 오히려 기존의 팬들이 '노영미(老榮迷)'로 재명명되었다. 후영미는 중국판 위키피디아라 할 수 있는 바이두 바이커와 후둥 바이커에 표제어로 등록되어 있을 정도다.

"후영미는 매우 독특한 팬덤 문화의 일종으로 장국영이 사망한 후에 그를 좋아하게 된 팬을 지칭한다."

후영미의 존재는 온라인, 오프라인에서 쉽게 확인된다. 꺼거의 팬카페나 위챗 채팅방 등 온라인에서 가장 활발하게 활동하는 이들은 단연 주링허우(90后, 1990년대에 태어난 세대), 링링허우(00后, 2000년대에 태어난 세대)다. 누가 더 어린지 서로 경쟁이라도 하듯 나이를 밝히는 이들의 모습을 보고 있자면 나 같은 바링허우(80后, 1980년대에 태어난 세대)는 이미 끼어들 자리가 없다는 생각이 든다.

상하이에 있는 동안 종종 꺼거의 영상회나 음악회에 참여할 때마다 나에게 자리를 안내하고 이런저런 기념품을 나누어주던 친구들은 얼핏 봐도 나보다 한참은 어려 보였다. 한번은 내 옆 자리에 앉은 두 친구가 꺼거 노래에 대해 열변을 토하며 나름의 품평을 하는 것이 재미있어 나도 모르게 귀 기울여 들은 적이 있다. 그러다 우연히 대화에 동참하게 되었는데 알고 보니 그들은 그날 영상회를 보러 난징에서 상하이까지, 약 300킬로미터 거리를 건너온 대학생들이었다. 모습이 앳돼 보여 실례를 무릅쓰고 나이를 물으니 이제 갓 스물이란다.

"너희는 어쩌다가 꺼거를 알게 되었어?"

"온라인으로요. 꺼거 자료야 온라인에 많이 있잖아요. 매일 꺼거 노래를 들어요. 저는 특히 이 노래가 좋아요."

"맞아요. 꺼거 노래는 너무 저평가돼 있어요. 노래 가사나 멜로디가 요즘 노래보다 훨씬 좋아요."

"꺼거가 너희들 모습을 보면 정말로 기뻐하시겠다."

이런저런 이야기를 나누다 내가 꺼거를 만난 적이 있다는 사실을 말하자 나를 바라보는 그들의 눈빛이 달라졌다.

"어디서 만난 거예요? 직접 본 꺼거는 어땠어요? 멋있었어요?"

"한국에 오셨을 때. 엄청 멋있었지."

그 동경의 눈빛이라니. 그 옛날 온갖 '무용담'을 자랑하는 언니들을 바라보던 내 눈빛도 저랬을까. 자정이 넘은 시간에 영상회장을 나오며 어떻게 돌아가느냐 물었다. 그들은 너무 늦은 시간이라 난 징으로 돌아갈 차편이 없어 근처 여관에서 자고 다음 날 돌아갈 거라고 했다. 조심히 가라고, 나중에 꼭 다시 만나자고 인사하고 헤어졌다. 돌아오는 택시에서 참 묘한 기분이 들었다.

가끔 이렇게 어린 친구들이 꺼거의 팬이라며 장국영이 좋다고 이야기하는 것을 본다. 그들의 모습이 감격스럽기도 하면서 꺼거의 오랜 팬인 나조차도 고개를 갸우뚱하게 된다. 무엇이 이 어린 친구들을 중국의 인기 아이돌인 TF BOYS도, 이제는 명실상부 세계적인 아이돌인 BTS도 아닌 장국영에 빠지게 했을까.

나 같은 노영미야 그와 함께한 추억이 있고 성장의 과정이 있기에 기억에 기대어 그를 추억하고 추모할 테지만, 그런 기억조차 가지지 않은 이들은 어떻게 꺼거를 이처럼 숭배하고 좋아하게 된 것일까. 중국에서만큼은 아니어도 한국에서도 아주 가끔 찾는 정모에서 만나는 스무 살 남짓 어린 팬들을 보면 나도 모르게 눈길이 가고 대단하다고 느껴진다.

이렇게 나의 논문 「후(後) 장국영 시대 팬덤의 정체성과 사회문화적 함의」가 시작되었다. 팬심 가득했지만 그래도 연구의 객관성을 유지하며 진지한 분석을 하고자 노력했다.

가장 시급한 것은 팬덤에 관한 이론적 학습이었다. 관련 저서와 논문을 닥치는 대로 구해 읽었다. 그리고 꺼거에 대한 수많은 책과 기사를 찾아 보고, 중국 팬카페의 자료를 조사했다. 그들이 올린 글과 댓글을 샅샅이 뒤졌다. 그렇게 자료 조사만 수개월. 마침내 후영미를 몇 가지 키워드로 설명할 수 있게 되었다. 바로 '예술가', '주체적 자아의식', '계승'이다.

후영미는 미디어로 접한 장국영의 영화와 노래에 매료되어 그 가치를 재평가하고 장국영을 단순한 '스타'에서 '예술가'로 승화시키고자 한다. 전통적인 남성상에 대한 관념이 무너지면서 장국영의 다양한 매력이 더욱 주목 받게 되었고, 당시의 보수적인 사회가 쉽게 받아들이지 못했던 많은 작품이 새롭게 조명되었다. 이들은 그 시절 충분히 인정받지 못했던 장국영과 그의 작품이 가진 가치를 이제라도 제대로 평가해야 한다고 입을 모았다.

그러나 무엇보다 후영미들의 마음을 움직인 것은 다름 아닌 '인간' 장국영이었다. 이들은 스스로를 사랑하라는 '주체적 자아의식'의 메시지를 '장국영 정신'으로 이름 짓고 이를 지속적으로 계승해야 할 가치로 받아들였다. 나아가 이러한 '장국영 정신'을 적극적으로 전파하는 '계승자'로서 스스로의 정체성을 형성하고 이를 실천해가고 있었다.

후영미 팬덤의 형성은 중국의 신세대라 할 수 있는 바링허우, 주링허우, 링링허우의 사회적 특징과도 무관하지 않다. 이들은 모두 외동 자녀로 가족의 사랑을 독차지하며 풍족하게 자랐지만 그 이면에는 과도한 기대와 관심에 대한 부담감, 빠른 사회 변화에 대한 압박감 등으로 적지 않은 스트레스를 받는 것으로 알려져 있다.

이러한 중국의 신세대에게 남의 시선보다 스스로가 중요하다는 꺼거의 메시지가 마치 현재를 살아가는 이들을 위한 위로인 듯 느껴지는 모양이다. 부족할 것 없어 보이지만 어느 세대보다 치열한 경쟁 속에서 살아가고 있는 젊은 세대의 마음이 움직인 것이다. 시대를 앞서간 한 '예술가'의 엄청난 사후 팬덤은 그렇게 형성되었다.

이런 일이 가능한 것은 물론 디지털 미디어의 발전이 있었기 때문이다. 디지털 미디어가 발달함에 따라 이를 기반으로 공간의 제약을 넘어 초국가적인 팬덤이 형성될 수 있었고 시간의 장벽마저 뛰어넘어, 새로운 시공간이 만들어졌다. 영원히 죽지 않는 스타, 별의 존재가 가능한 이유다(보다 자세한 내용이 궁금하다면 논문을 찾아서 읽어보시길).

그랬다. 장국영을 담아내기에 영화배우, 가수, 스타는 너무 작은 단어다. 팬이어서 이런 소리를 한다고 생각할 수도 있다. 그러나 나는 감히 그가 공인이 보여줄 수 있는 선한 영향력의 가장 좋은 본보기였다고 말하고 싶다.

꺼거가 영화배우로서 또 가수로서 거둔 많은 성과는 크게 중요하지 않다. 그는 선배로서, 동료로서, 친구로서 많은 사람을 사랑했고, 그들의 든든한 후원자가 되어주었다. 늘 우아했고 예의 바른 사람이었다. 완벽주의자였지만 겸손했고, 자존심이 강했지만 남을 배려하는 사람이었다. 저물어가는 홍콩의 영화 산업을 위해 고군분투했고, 그러면서도 자신의 외연을 넓히기 위해 끊임없이 도전하고 노력했다. 세상과 타협하지 않았고 자신의 신념을 지켰다.

다만 너무 시대를 앞선 것이 문제가 아니었을까. 그때의 홍콩은, 그때의 세상은 새로운 것을 쉬이 용납하지 않았다. 불과 17년 전이지만 그때는 그랬다. 자존심 강하고 섬세한 완벽주의자에게 쉽지 않은 시기였는지도 모르겠다. 그래도 조금은 타협하고 살아도 괜찮았을 텐데, 조금은 덜 완벽해도 좋았을 텐데…. 조금은 흐트러진 모습을 보여도, 조금은 망가진 모습이어도, 우리는 괜찮았을 텐데…. 전설이 되고 싶다던 그는 그렇게 정말 전설이 되었다.

사실 시작은 원대했으나 논문을 쓰는 과정은 참으로 고통스러웠다. 어학 전공자가 문화 관련 논문을 쓰다니 무모하기 그지없는 일이었다. 팬심에서 비롯한 글쓰기는 한두 페이지를 채우기 힘들었다. 학문적 관점에서 새로운 팬덤의 면모를 조사하고 의미를 밝히는 것은 꽤 지난한 과정이었다.

그래도 분명한 것은 초보적인 나의 생각으로도 꺼거의 팬덤은 남다른 면이 있다는 점이다. 스타 본인과의 상호 관계를 중요시하는 스타 팬덤의 일반적인 특징과도, 또 세상을 떠난 스타의 생전 이미지를 모방하고 추종하는 일부 팬덤과 비교해도 매우 이질적인 특수성이 있다. 보다 깊이 있게 연구해볼 만한 가치가 충분하다. 한 홍콩 스타의 팬덤에 대한 작은 관심이지만, 중국의 현 세대에 대한 논의이기도 하다. 또 한류 시대 팬덤에 대한 담론으로도 확장될 수 있으리라.

다만 아직은 내게 그러한 역량이 턱없이 부족하다는 것을 절감할 수밖에 없었다. 전문적 역량을 가진 훌륭하신 학자들이 나의 이 피상적 연구에 깊이를 더해주기를 기대하며 몇 달을 씨름한 논문을 겨우 마무리했다. 학문적 의미도 의미지만 같은 팬의 입장에서 장국영이라는 스타를 추앙하는 새로운 팬들이 지속적으로 생겨나는 이유를 알고 싶었고, 다행히 그에 대한 나름의 해답을 찾은 듯도 하다.

팬들의 사랑에도 여러 종류가 있겠지만 과연 팬들에게 존경을 받는 스타가 얼마나 될까. 후영미에 대해 조사하면서 꺼거의 팬이라는 사실에 적지 않은 자부심을 느꼈다. 나 역시 후영미에게 모범이 되는 노영미가 되어야겠다고 다짐했다. 그것만으로도 이 논문은 충분히 가치 있는 작업이었다고 자평하고 싶다. 무엇보다 나름 의미 있는 방식으로 15주기를 추모할 수 있어서 특별한 시간이었다.

이 논문은 엉뚱하게도 그간 발표했던 전공 논문보다 좋은 심사평을 받고 투고가 되었다. "앞으로 저자의 지속적인 연구 활동을 기대한다"라는 평까지 있었다.

'음, 너무 감사한 말씀이지만, 제게는 그런 역량이….'

심사평을 보고 있자니 복잡한 감정이 들었다. 그래도 어쨌든 투고에 성공했으니 일단은 기뻐하자. 팬이자 학자로서 팬 대상을 학문적으로 연구하는 학자를 아카데믹(academic)과 팬(fan)을 합쳐 아카팬 (aca-fan)이라고 한다는데, 이로써 나도 꼬꼬마 아 카팬의 문턱에 들어서게 된 것일까. 이만하면 나도 '성덕' 근처에는 갔다고 할 수 있지 않을까.

애게게? 아이 꺼거!

"선생님, 이메일 주소가, 하하, 이게 뭡니까?"

학과 교수님 한 분이 전화를 주셨다. 학교에서 쓸 새로 만든 내 이메일 주소를 보시고 연락을 하신 것이다.

"네? 제가 오래전부터 써온 건데요. 이상한가요?"

"선생님, 이거 남들이 보면 장난하는 줄 알아요. '애게게'라니."

"아니, 선생님. 그래도 중문과인데 '애게게'라고 하시다니요. '아이 꺼거'인데요. 하하하. 이미 계정 등록을 마친 상태라 변경은 어렵지 않을까요?"

교수님은 행정 부서에 연락하면 지금이라도 바꿀 수 있을 거라며 내게 좀 더 공식적인 계정으로 이메일 주소를 변경하면 어떻겠냐고 조심스레 말씀하셨다. 좋은 뜻으로 하신 말씀이겠지만, 내심 조금 언짢은 마음이 있으셨는지도 모르겠다.

그런데 굉장히 익숙하다. 묘한 기시감. 분명 비슷한 상황을 겪었던 것 같은데…. 전에 회사에 다닐 때 입사 초기 정말 이때와 똑같은 대화를 했던 기억이 났다. 당시 담당 거래처 사장님이 내 이메일 주소를 보시고는 어처구니없다는 표정으로 물으셨다.

"이메일 주소가 '애게게'네요?"

"사장님, '애게게'라니요. 이거 한어 병음인데요. 아이 꺼거!"

"아, 그렇군요. 중국어였군요. 나는 또 뭐라고. 깜짝 놀랐네요. 하하하"

마침 중국어를 배우고 계셨던 사장님은 그렇게 한 차례 웃으며 고개를 끄덕이시고는 더는 아무 말씀도 하지 않으셨다. 하고 싶은 말이야 많았겠지만 남의 회사 직원에게 이래라저래라 할 수도 없지 않은가. 그때 처음 알았다. 이걸 '애게게'라고 읽을 수도 있구나. 그런 일이 있었지만 나는 회사를 다닌 내내 굳건히 그 이메일 주소를 사용했다.

그랬던 것이 10년도 넘게 지나서, 마침 새로운 커리어를 시작하는 타이밍에 거짓말처럼 똑같은 상황이 반복된 것이었다. 확실히 업무할 때 쓰는 공식 계정으로는 적절하지 않은 것인가.

내 이메일 계정은 'aigege'다. '爱哥哥'의 한어 병음 표기로 '오빠 사랑해'라는 뜻이다. 앞서 밝혔듯 哥哥는 중국어로 '오빠/형'을 뜻하는데 장국영의 애칭이기도 하다. 참고로 중국에서는 형제자매 사이에만 거거(哥哥, 오빠/형), 제제(姐姐, 언니/누나) 같은 호칭을 사용하고 친구나 지인 사이에는 나이와 상관없이 이름을 부른다(물론 성 앞에 라오(老)나 샤오(小)

등을 붙여 나이에 따른 상하 관계를 구분 짓기도 하지만 오빠/언니 호칭은 사용하지 않는다).

처음 학교 이메일 계정을 만들면서 아이디를 무엇으로 할지 생각을 안 해본 건 아니다. 학과 교수님들 이메일을 보면 대부분 이름 이니셜을 따서 사용하셔서 나도 이니셜로 등록할까 고민했다.

그러나 나는 이 메일 계정을 포기하기 어려웠다. 나름 선점의 의미가 있었기 때문이다. aigege는 중국에서는 만들고 싶어도 만들 수 없는 아이디다. 중국 이메일 계정에서는 aigege는 물론이고 aigege에 각종 숫자, 알파벳, 특수문자 등을 추가해도 대부분 이미 누가 사용하고 있다. 그 때문에 나도 중국에서 이메일 계정을 만들면서 꽤 애를 먹은 기억이 있다. 알고는 있었지만 꺼거의 중국 팬이 얼마나 많은지 제대로 실감했다. 그래서 중국에서 사용한 이메일 계정은 아쉽게도 aigege가 아니다.

고심 끝에 결국 '소신'을 굽히지 않기로 했다. 업무상 사용하는 공식 이메일 주소를 사람들이 얼마나 주의 깊게 보겠냐마는 그래도 남이 보면 그 의미를 알건 모르건 한 번쯤 웃을 일이긴 하겠다.

이메일 주소와 관련해서는 재미있는 에피소드가 하나 더 있다. 내가 오래도록 쓰고 있는 또 다른 이메일 계정이 있다. 바로 'leslie love'다. Leslie는 꺼거의 영어 이름이다. 그러니 'leslie love'는 aigege 의 영어 버전인 셈이다.

회사를 그만두고 대학원에 들어간 해에는 우리 전공으로 새로 들어온 박사, 석사 인원이 꽤 많았다. 선배가 신입생 이름과 전화번호, 이메일 등을 파일 로 한참 정리하다가 앞에 나온 leslie가 뒤에 또 나오 자 명단이 섞인 줄 알고 처음부터 다시 확인했다고 한다. 나중에 보니 선배가 실수한 것이 아니라 leslie 가 들어간 이메일 주소를 사용하는 사람이 두 명이 었단다.

하나는 당연히 나였고, 나머지 하나는 석사 동 기인 현주였다. 그해 우리 기수에 나 외에도 꺼거의 팬이 한 명 더 있었던 것이다. 그런데 녀석 이메일 계정이 심상치 않다. 'leslie912'라니! 이름뿐 아니라 생일까지 확보했다. 'leslie love'와 'leslie912', 어느 것이 더 선점하기 어려웠을까. 이 친구와 나는 지금 도 4월과 9월이면 누가 먼저랄 것 없이 안부를 묻는 사이가 되었다.

한 가지 더 재미있는 사실은 그 명단을 정리한 선배의 이메일 계정이 'anita'였다는 것이다. 다른 사람도 아니고 '아니타', 바로 매염방 언니라니. 그러고 보니 우리 지도 교수님은 꺼거와 같은 해에 태어나셨다. 꺼거와 선생님이 동갑내기인 것이다. 억지스러운가? 아니다. 심상치 않은 느낌을 지울 수 없다. 여러모로 단단한 인연임이 틀림없다.

사실 Leslie는 나의 영어 이름이기도 하다. 살다 보면 어떤 계기로든 영어 이름을 사용해야 할 때가 있고, 나에게도 영어 이름을 정해야 하는 순간이 왔다. 영어 이름을 정하면서 레슬리를 선택한 것까지는 큰 고민이 없었다. 꺼거 본인이 선택한 이유가 그렇듯 레슬리라는 이름은 남자와 여자 모두 사용할 수 있는 중성적인 이름이기 때문이다(여자가 더 많긴 하다). 다만 처음에는 양심상 스펠링을 Leslie가 아닌 Lesley로 사용했다. 아무래도 꺼거와 완전히 동일한 이름을 쓰는 것이 좀 부담스러웠다.

헌데 정작 원어민들이 받아들이는 스펠링이 Leslie라는 것이 문제였다. 외국인과 통성명을 하고 대화를 나누는 것까지는 별문제가 안 된다. 그러나 무언가 글로 된 것을 쓸라 치면 그들의 시작은 당연한 듯 'Dear. Leslie'였다(참고로 'Dear. Leslie'는 홍콩 가수 고거기가 꺼거를 추모하며 부른 노래의 제목이기도 하다. 꺼거의 매니저 진숙분은 홍콩 팬클럽 가미회(哥迷会)를 만들면서 이 곡을 팬클럽 노래로 사용했다).

심지어 내가 Lesley로 써서 보낸 이메일에도 Leslie로 써서 회신하곤 했다. 내가 스펠링이 다르다고 이야기하면 당황하며 "Sorry"라고 말하고 고쳐주었다. 그러면서 이렇게 물었다. 왜 이메일 주소는 'lesley love'가 아닌 'leslie love'냐고. 거기에는 긴 대답이 필요하다.

"내가 사실 홍콩의 유명 배우 겸 가수 장국영을 좋아해. 그 배우의 영어 이름이 Leslie야. 장국영 알지? 중국어로 '장궈룽' 말이야. 어, 잘 모른다고? 엄청 유명한데…. 대표작으로 이런저런 영화가 있고, 히트곡은 이런저런 노래가 있어. 정말 몰라? 아, 이제 알겠다고? 그것 봐, 엄청 유명하다니까. 어쨌든 그래서 내가 영어 이름을 레슬리로 선택했어. 그래도 스펠링까지 똑같이 쓰는 건 좀 부담스러워서 발음은 같지만 스펠링은 다르게 쓰게 된 거지. Lesley라는 스펠링도 맞긴 하잖아?"

하지만 영어로 이메일이나 편지를 자주 주고받는 것도 아니니 시간이 좀 지나거나 새로운 외국인 친구가 생기기라도 하면 어김없이 같은 상황이 반복되었다(이미 밝혔듯 나는 영어를 그다지 잘하지 못한다).

한번은 영어 원어민 친구에게 레슬리라는 이름의 스펠링으로 Lesley와 Leslie 중 어느 것이 더 낫겠냐고 물은 적이 있다. 그 친구는 둘 다 상관은 없지만 아무래도 후자를 더 많이 사용하는 것 같다고 대답했다. 그렇단 말이지? 에라, 모르겠다. 그럼 그냥 Leslie로 하련다. 그렇게 내 영어 이름은 Lesley에서 Leslie가 되었고, 지금도 이 이름을 사용하고 있다. 그리하여 말도 안 되는 등식이 성립되어버렸다.

꺼거=Leslie=나(?)

leslie love=나 사랑(?)

물론 꺼거의 팬이라면 단번에 알아보고도 남을 테지만 모르는 사람이 보기에 나는 더없이 자기애가 충만한 사람이 되고 말았다. 얼마나 자기를 사랑하면 이메일이 '레슬리 사랑'이란 말인가. 그러면 또 긴 설명을 해야 한다.

"원래는 내가 말이지….."

이 긴 설명을 반복하느니 그냥 자기애 가득한 사람으로 살기로 했다. 사실 남들은 내 이메일에 그다지 관심도 없을 텐데, 괜히 나 혼자 쓸데없는 고민을 하는 것인지도 모르겠지만 말이다.

열일곱 번의 춘하추동

"언니 이 노래 너무 좋아요! 마침 가을이 올 것 같아서 그런가? 가을부터 시작하는 게 정말 좋아요! 가사가 시 같아요. 진짜 아름답다."

유니버설에서 새롭게 편곡해 공개한 '춘하추동' 음원을 듣고 서은이가 메시지를 보내 왔다. 가사를 한국어로 번역하자니 원 가사의 감동이 줄어드는 것, 같아 조심스럽지만 이런 내용이다.

秋天该很好, 你若尚在场 가을은 얼마나 좋을까, 그대가 여전히 함께한다면

秋风即使带凉亦漂亮 가을바람은 스산하지만 아름답고

深秋中的你填密我梦想 깊은 가을의 그대는 나의 꿈을 가득 채워요

就像落叶飞轻敲我窗 낙엽이 날아와 가벼이 나의 창을 두드리는 것처럼

(…)

能同途偶遇在这星球上 이 별에서 우연히 그대를 만나

燃亮飘渺人生 덧없는 인생을 밝게 비출 수 있었죠

我多么够运 그런 내가 얼마나 행운인지

순간 머리가 띵 하고 울렸다. '춘하추동(春夏秋冬)'이라는 제목 말고 가사는 한 번도 눈여겨보지 않았다는 사실을 깨달은 것이다. 그동안 못해도 수십 번, 수백 번을 들었을 텐데 앨범의 타이틀곡 '좌우수'가 워낙 인기였던지라 수록곡이었던 이 노래는 리듬을 타고 멜로디를 흥얼거리기만 했지 가사 내용을 주의 깊게 살펴본 적이 없었다. 광둥어 곡이어서 그랬다기에는 나의 무심함과 무던함을 들킨 것 같아 가슴 한끝이 쓰렸다.

그런데 서은이의 말마따나 가사가 너무 좋다. 누가 작사한 건가 봤더니 1980~90년대 홍콩 가요의 대표 작사가 중 한 명인 임진강이다. 그는 수많은 가수의 노래를 만들었으며 꺼거와도 스무 곡 이상을 같이 작업했다. 지금 보니 '공동도과(共同渡过)'도 이분이 쓴 거다. 가수 복귀 후 첫 콘서트였던 과월 콘서트에서 엔딩 곡으로 부른 이 노래는 마치 그동안 기다려준 팬들에게 고마움을 전달하는 꺼거의 마음을 대신하는 것 같아 가슴이 뭉클했다.

'당신에게 줄 수 있는 게 아무것도 없지만, 이 노래로 비바람 속에서도 늘 함께해준 것에 감사를 전해요.'

처음 '공동도과'가 발표됐을 때만 해도 뮤직비

디오 속 앳된 꺼거의 얼굴과는 참 안 어울린다고 생각했었다. 그러나 10년 뒤 콘서트에서 꺼거가 부른 '공동도과'는 어느새 꺼거 그 자신이 되어 있었다. 걸작은 훗날 그 가치가 평가된다고 했던가. 10년이 지나고 20년이 지나도 기억되는 가사라니. 대가는 역시 대가다.

그래도 홍콩의 대중가요를 논하자면 뭐니 뭐니 해도 유명 작사가 임석을 빼고 이야기하기 어려울 것 같다. 중국 노래, 특히 홍콩 노래를 좋아하는 나 같은 사람에게 임석은 가수 이상의 유명인이다. 꺼거는 물론 왕비, 장학우, 진혁신 등 홍콩 대표 가수들이 부른 주옥같은 노래의 가사를 정말 많이 썼다. 유튜브에서 검색하면 임석이 작사한 노래를 모은 영상이 몇 시간씩 나올 정도다.

표의문자인 한자가 가진 장점이겠지만 중국 노래의 가사는 다른 어떤 언어의 가사보다도 시적이다. 한국어 번역으로는 절대 그 깊이를 충분히 음미할 수 없는 함축적이고 서정적인 가사가 좋아서, 글자 하나하나가 가진 그 깊이와 정서를 곱씹는 것이 좋아서, 나는 중국 노래가 좋다. 모르긴 몰라도 중국 고전문학, 그중에서도 시를 연구하는 많은 분들은 바로 이 한자가 가진 함축적인 매력에 흠뻑 빠져 있지 않을까(그런데 나는 왜 한시를 좋아하지는 않았는지). 그런 중국어의 장점을 너무나 잘 살리면서도 멜로디에 찰떡같이 붙는 가사를 쓰는 작사가가 바로 임석이다.

임석은 꺼거와도 참 좋은 파트너였다. 임석의 가사를 가장 잘 이해하고 표현하는 사람이 꺼거였고, 그런 꺼거에게서 임석 역시 많은 영감을 얻었다고 한다. 꺼거는 작곡을 할 때 주로 멜로디를 흥얼거리고 전문 제작자들이 그걸 듣고 악보에 옮겼다. 그리고 그 악보는 바로 임석에게 보내져 가사를 입힌 곡이 되었다. 때로는 꺼거가 임석에게 직접 전화를 걸어 멜로디를 허밍으로 들려주면 임석이 그에 맞는 가사를 썼다고도 한다. 꺼거의 허밍만큼 그에게 큰 영감을 주는 것이 없었다고 하니 둘의 호흡이 정말 대단했던 것 같다.

그렇게 장국영 작곡, 임석 작사의 수많은 명곡이 탄생했다. 그중에서도 단연 최고의 곡이라면 역시나 '아(我)'다.

I Am What I Am
我永远都爱这样的我 나는 영원히 이런 나를
사랑할 거야

快乐是 快乐的方式不止一种 행복은 말이야
행복의 방식은 하나가 아니야

最荣幸是 谁都是造物者的光荣 가장 중요한 건
누구나 조물주의 영광이라는 것

不用闪躲 为我喜欢的生活而活 피할 필요 없어
내가 좋아하는 삶을 살면 돼

不用粉墨 就站在光明的角落 분장도 필요 없어
밝게 빛나는 그 한편에 서 있으면 돼

我就是我 是颜色不一样的烟火 나는 나야 색깔이
다른 불꽃

天空海阔 要做最坚强的泡沫 광활한 세상 가장
강인한 거품이 될 거야

我喜欢我 让蔷薇开出一种结果 나는 내가 좋아
장미가 결실을 피워내듯

孤独的沙漠里 一样盛放的赤裸裸 고독한
사막에서도 붉은 내 모습을 온전히 피워낼 거야

이 노래는 꺼거가 멜로디를 만들고 임석에게
첫 가사를 'I Am What I Am'으로 정했다며 그 뒤
에 내가 어떤 내용을 담고 싶은지 알겠느냐고 묻자
임석이 바로 알겠다고 답하고 가사를 작성했다는 일
화로도 유명하다. 꺼거는 임석이 쓴 가사를 보자마

자 자신의 마음이 그대로 표현되었다며 매우 기뻐했다고 한다. 이 노래는 꺼거 자신이 가장 사랑한 곡이자 그를 대표하는 노래가 되었다.

앞서 말한 '춘하추동'은 2020년 9월 12일, 꺼거의 생일에 공개되었다. 원래는 1999년 발매한 앨범 〈배니도수〉에 수록된 곡이다. 〈배니도수〉는 머리를 밤톨같이 자른 꺼거의 얼굴이 클로즈업된 재킷 사진이 특히나 마음에 들었던 앨범이다. 새 음원은 꺼거의 미공개 녹음 버전이 발견되어 그 녹음 버전에 기존 멜로디를 새롭게 편곡해 〈춘하추동 A Balloon's Journey〉로 재탄생시킨 것이다. 원곡이 나오고 21년 만의 일이다.

음원 공개를 앞두고 유니버설 홍콩에서 대대적인 홍보를 했다. 15초 버전으로 사전 공개한 음원을 들어보니 원곡의 잔잔한 기타 선율이 화려한 피아노 연주로 바뀌어 있었다. 사실 이 15초 음원의 피아노 연주가 썩 마음에 들지는 않아 큰 기대는 하지 않았는데 막상 꺼거의 생일 당일 공개된 전곡은 생각보다 괜찮았다. 원곡이 가을을 노래했다면 이번 곡은 봄을 노래하는 듯 가볍고 경쾌하고 맑았다. 스산한 가을이 조금은 따뜻해지는 것 같았다고 할까.

코로나19로 한국에서는 별다른 행사 없이 지나간 꺼거의 생일이었지만, 그래도 음원이 새로 공개된지라 오픈채팅방이 꽤나 분주했다. 새로운 곡에 대한 팬들의 흥분이 고스란히 느껴졌다. 꺼거와 관련된 새로운 소식은 언제나 팬들을 설레게 한다.

위챗 채팅방은 넘치는 글로 그야말로 폭발 직전이었다. 잠깐 한눈을 팔면 글이 수백 개씩 올라와 일일이 읽을 수 없을 정도였다. 진작부터 이번 앨범의 공동구매 소식으로 술렁였는데, 생일을 맞아 공개된 음원에 그 기대감이 하늘로 치솟는 분위기였다. 중국에 있었다면 나도 공동구매에 동참했겠지만 한국에 있는지라 참여 숫자가 올라가는 것만 하염없이 바라봤다.

중국에서는 여러 곳에서 생일 행사가 진행된 모양이었다. 마침 상하이 팬클럽에서 온라인으로 생일 파티를 진행한다는 소식을 보고, 중국의 유튜브라 할 수 있는 비리비리(哔哩哔哩) 사이트의 라이브 스트리밍에 접속했다. 방송을 보면서 세상 참 좋아졌다는 생각이 들었다. 상하이가 아닌 한국에서, 여전히 함께 이 영상을 보고 있다는 사실이 새삼 놀랍기만 하다.

생일 행사는 장장 네 시간이 넘게 진행되었다.

이 팬클럽은 행사를 한번 했다 하면 네 시간은 기본이다. 전에도 행사에 갔다가 기진맥진해져 기숙사로 돌아온 것이 여러 번이었다. 온라인이라고 다를 게 무엇이겠는가. 하긴 공간 대여료도 없을 테니 더하면 더했지 짧아질 이유가 없겠지. 꺼거의 생전 영상이 나오는 화면에는 팬들의 댓글이 끊임없이 올라왔다. 종종 댓글이 너무 많아 정작 중요한 화면 내용을 볼 수 없을 정도였다.

그리고 마지막으로는 당일 공개된 〈춘하추동 A Balloon's Journey〉의 새로운 뮤직비디오가 방송됐다. 청록빛으로 톤 다운된 파스텔 배경에 역시나 내가 좋아했던 〈언타이틀드(Untitled)〉 앨범 재킷 사진이 담겨 있었다. 노래로만 들었던 것과는 또 다른 감동이 느껴졌다. 그렇게 저녁 8시에 시작된 온라인 행사는 예정된 밤 12시를 지나 새벽 1시가 다 되어서야 끝이 났다.

그 온라인 상영회를 최고 8만 3천 명이 동시 시청을 했다고 한다. 규모가 진짜 어마어마하다. 꺼거를 기억하는 팬들이 여전히 이렇게 많다는 사실에 다시금 놀라게 된다. 변함없는 팬들의 마음이 참 애틋하게 느껴지는 밤이었다.

여운이 쉽게 가시지 않아 원곡 뮤직비디오를

찾아 봤다. 신인이었던 장백지를 발굴해 파리까지 날아가 촬영한, '장국영 감독'의 뮤직 영화 〈좌우정연〉의 한 꼭지가 '춘하추동'으로 꾸며졌다. 꺼거가 아주 오래전 걸었던 파리의 그 거리를 나 역시 걸었던 적이 있겠다는 생각이 들었다. 좀 더 곳곳을 돌아다닐걸. 코로나19가 끝나면 당장 유럽으로 날아가야겠다.

영화 속 풋풋함이 묻어나는 장백지의 얼굴만큼이나 꺼거의 얼굴이 아련하게 느껴졌다. 누군가는 꺼거의 얼굴이 평생 어린 왕자 같은 모습으로 '박제'되었다고 말한다. 그러나 화면 속 40대 초반의 꺼거는 특유의 천진하고 해사한 얼굴에 어느덧 세월의 흔적과 삶의 연륜이 옅게 묻어났다. 마냥 순수하고 해맑지만은 않은 모습. 이제는 나도 이해할 수 있을 것 같은 그의 얼굴이 좋다. 다만 거기서 멈추었다는 것이 시리도록 서글펐다.

앨범 발매 소식을 들었을 때는 솔직히 대기업의 상술에 꺼거의 이미지가 소비되는 것 같아 마음이 불편했다. 언젠가부터 음원을 구매하고 앨범을 사도 이 수익금이 꺼거가 아닌 다른 사람 주머니에 들어가겠구나 하는 생각부터 들었다. 말도 안 되는 아류와 카피 제품에 진저리가 나기도 했거니와 꺼거가 상업적으로 이용되는 것에 심술이 났다. 기획 의도가 어떻든 결국 이 모든 것의 주인공인 꺼거는 존재하지 않으니까.

유니버설에서 이런 내 마음을 알았던 걸까. 영리하게도 이번 앨범을 제작한 제작팀의 인터뷰가 공개되었다. 그리고 참 우습게도 나는 그 인터뷰 영상을 보고 이번 앨범을 사야겠다고 마음먹고 말았다. 그 인터뷰가 진심이었든 진심이 아니었든, 앨범 발매를 준비하며 눈물을 흘렸다고 말하는 작곡가와 프로듀서의 말에 마음이 흔들렸다. 어쩌면 그들도 그들 나름의 방식으로 꺼거를 추모하고 싶었던 것은 아닐까.

비리비리 사이트에 올라온 피아노 연주자의 녹음 연주 영상도 찾아봤다. 그에게는 어쩌면 그저 하나의 일이었을 수도 있지만 너무나 진지하게 연주에 임하는 모습이나 연주를 마치고도 무언가 마음에 들지 않는 듯 고개를 갸웃거리는 모습에서 왠지 모를 진심이 전해지는 듯했다. 나만의 착각은 아니었으리라.

결국 상술이란 걸 알면서도 어쩔 수 없이 구매를 하고 마는 것이 팬의 마음인가 보다. 꺼거가 떠난 뒤 새로운 앨범이 나오고 각종 음원 차트에 이름이 올라오는 것에 더없이 기뻐하는 어린 팬들을 보면서, 그들처럼 마냥 기뻐하지 못하는 내가 너무 세속적인 것 같아 괜스레 마음이 쓰렸다. 정작 그런 생각을 하는 이 순간에도 〈리비지트(Revisit)〉를 무한반복으로 듣고 있으면서 말이다.

9월 12일 싱글 음원이 공개된 후, 재편곡된 정식 앨범 〈리비지트〉는 예정된 10월 16일을 맞추지 못하고 하루 늦은 17일에 발매되었다. 위챗에는 앨범을 받았다는 팬들의 글이 하나둘 올라왔다. 한국에서도 공동구매가 시도되었지만 결국 무산되었다.

어쩔 수 없이 직접 구매를 하기로 했다. 덕분에 중국 인터넷 쇼핑몰 타오바오에서 직접 구매하는 것을 도와주는 앱이 있다는 사실을 처음 알았다. 요새는 정말 하루하루 세상 돌아가는 것에 놀라기 바쁘다. 이제 원한다면 어디에서든 무엇이든 살 수 있는 세상이구나. 중국에 있을 때 수십 번은 들어갔던 타오바오 사이트를, 직접 구매를 도와준다는 앱을 경유해 들어가 물건을 고르고 있자니 기분이 좀 이상했다. 익숙한 타오바오의 화면이 낯설게 느껴졌다. 마침 판매자가 '파일럿의 트렌치코트(飞机师的风衣)'가 담긴 〈꺼거의 노래(哥哥的歌)〉 앨범도 판매하고 있길래 이참에 함께 구매했다.

〈꺼거의 노래〉는 1980년대 꺼거가 화성(华星) 레코드와 계약해 출시했던 곡들을 담은 기념 앨범으로, 2016년에 발매되었다. 특히 미발매 곡이었던 '파일럿의 트렌치코트'가 공개되어 이슈가 됐다. 이 곡은 1986년 꺼거가 데모 버전을 녹음했지만 여러 이유로 후에 가신(歌神)이라 불리는 장학우의 앨범에 수록되었다. 장장 30년이 지나 세상에 모습을 드러낸 노래 속 꺼거의 목소리는 후반기 허스키하고 깊어진 목소리와 달리 맑고 어리고 청아했다. 꺼거 버전의 '파일럿의 트렌치코트'를 몇 날 며칠을 들었는지 모른다.

특히 이 노래의 뮤직비디오는 볼 때마다 울컥하게 된다. 꺼거를 기억하는 팬들의 모습이 고스란히 담겨 있기 때문이다. 작은 메모판에 자신이 좋아하는 꺼거의 노래를 하나씩 적어 보이는 팬 한 명 한 명의 모습을 보고 있자면, 마치 꺼거에게 전하고 싶은 한마디 한마디인 것 같아 코끝이 찡해진다. 나이가 많은 팬도 어린 팬도, 중국 팬도 홍콩 팬도 외국 팬도 있다. 그가 아꼈던, 이제는 유명인이 된 연예인도 많이 나온다. 모두가 미소를 짓고 있지만 그 미소의 의미를 알기에 마냥 함께 웃을 수만은 없는 뮤직비디오다. 그때는 왠지 심술이 나 사지 않았는데 이번에는 또 마음이 약해져 장바구니에 담고 있는 나의 변덕이라니. 나도 참 알다가도 모르겠다.

춘하추동. 봄, 여름, 가을, 겨울이 열일곱 번 지났다. 지금도 여전히 생각한다. 그냥 그렇게 평범하게 봄, 여름, 가을, 겨울, 이 세월을 함께 살아갔으면 얼마나 좋았을까 하고. 세상의 이런저런 이슈에 대해 이야기하고, 그때가 좋았지, 세상 참 많이 바뀌었어라며 SNS를 통해 서로의 안부를 물으며 지낼 수 있다면 얼마나 좋을까 하고.

그랬다면 지금쯤 나도 SNS 계정 하나 정도는 운영하고 있지 않을까.

春夏秋冬该很好, 你若尚在场 봄 여름 가을 겨울이 얼마나 좋을까, 그대가 여전히 함께 한다면

소심한 성덕의 사랑은 여전히 진행형

아이들 눈이 슬슬 감기는 것 같다. 수업을 시작한 지 20분이 넘게 지났으니 집중력이 떨어질 때도 됐다.

"너희들 혹시 장국영 아니?"

반응이 시큰둥하다. 그나마 몇몇 아이들이 관심을 보인다. 요새 학생들은 중국이나 홍콩 배우에 크게 관심이 없다. 그 와중에 '4대 천왕'은 몰라도 장국영은 아는 아이들이 있다. 뿌듯하다.

"선생님이 나름 성덕이잖아."

짐짓 너스레를 떨어본다. 그리고 뭔가 대단한 것이라도 되는 양 잠시 뜸을 들인 후 사진 한 장을 스크린에 띄운다. 그 옛날 타워레코드에서 받은 꺼거의 사인이다.

"이거 선생님이 직접 장국영 만나서 받은 거야."

"오, 진짜요?"

아이들이 반응을 보인다. 짧다면 짧고 길다면 긴 성덕의 역사를 풀어내기 시작한다. 약간의 과장은 필수다.

예상하겠지만 나의 장국영 사랑은 수업 곳곳에 녹아 있다. 처음에는 소심하게 중국어 예문에 꺼거의 이름을 바꿔 넣는 것에서부터 시작했다.

我见过张国荣两次。나는 장국영을 두 번 봤다.
张国荣去过一次上海。장국영은 상하이에 한 번
간 적이 있다.

그러다 점점 대담해졌다. 중국어 표기법을 다
루면서 'Zhang Guorong'은 '장궈룽'으로 표기한다
는 사실을 가르친다. 푸퉁화와 방언의 차이를 설명
하면서 꺼거 노래의 푸퉁화 버전과 광둥어 버전을
들려준다.

이쯤 되면 굳이 장국영 팬임을 자처하지 않더
라도 눈치 빠른 아이들이 선생의 '정체'를 파악하기
에 모자람이 없다. 그러다 보면 한 번씩은 쉬는 시간
에 나를 찾아와 자신도 꺼거의 팬임을 수줍게 고백
하는 친구들도 있다.

"넌 무슨 영화 좋아하니?", "이 노래는 들어봤
어?"로 시작해 한참을 꺼거 이야기로 수다 아닌 수
다를 떨곤 한다.

얼마 전 〈패왕별희: 디 오리지널〉이 재개봉한
뒤로 한국에서도 새로운 팬이 많이 생겼다고 하던
데 후영미는 중국에서뿐 아니라 한국에서도, 지금도
계속 생겨나고 있는 것 같다. 거기에 나 같은 사람도
일조를 하고 있는 것인가?

이번 학기 마지막 수업은 노래 가사를 번역하는 것이었다. 학생들 추천을 받아 중국 영화 〈먼 훗날 우리〉에 삽입된 동명 주제곡을 선택했다. 영화 제목이 익숙하다 했더니 대만의 유명 그룹 오월천(五月天)의 노래 제목과 같았다. 이 영화의 감독이 특별히 오월천의 허락을 받아 사용한 것이란다.

감독은 다름 아닌 대만의 유명 가수이자 배우 유약영. 영화 〈먼 훗날 우리〉는 유약영의 감독 데뷔작이었다. 내게는 주연을 맡은 주동우나 정백연보다 감독 이름이 먼저 눈에 들어왔다.

유약영은 내게 '너무너무 사랑해(很爱很爱你)'나 '먼 훗날(后来)' 같은 노래로 기억되는 가수다. 한참 중국어를 배우고 중국 영화를 볼 때, 노래방에 가면 늘 불렀던 곡 중에 그녀의 노래가 있었다.

혹시나 해서 사진을 찾아봤다. 정말 그 유약영이 맞는지. 그 시절 록 레코드 마크가 찍힌 뮤직비디오를 보니 그 유약영이 틀림없다. 배우가 되어 영화를 찍었다는 것까지는 알고 있었는데, 감독이 되었구나.

영화감독…. 꺼거의 꿈도 영화감독이었다. 꽤 구체적으로 시나리오 작업을 하고 캐스팅과 촬영 준비도 이루어졌다고 했다. 그러나 결국 장국영 감독의 영화 〈투심〉은 세상에 나오지 못했다. 영화가 시작하고 당당히 나타나는 '导演 刘若英(감독 유약영)' 다섯 글자가 반가우면서도 왠지 씁쓸했다. '导演 张国荣(감독 장국영)'이 더욱 안타깝고 그리운 순간이었다.

본래 '먼 훗날 우리' 외에도 꺼거의 대표곡 '아'도 수업에서 함께 다루려고 했다. 하지만 온·오프라인 수업이 병행되면서 시간이 조금 모자라게 되고 말았다.

I Am What I Am
我永远都爱这样的我 나는 영원히 이런 나를 사랑할 거야

결국 꺼거의 노래는 간단히 소개만 하고 마무리를 지어야 했다.

"여러분에게 해주고 싶은 이야기가 있어서 이 곡을 골랐어요. 다들 고학년이니 졸업을 앞두고 여러 가지 고민이 많을 거예요. 앞으로 살아가면서 이 말은 꼭 기억했으면 좋겠어요. 다른 사람을 사랑하는 것도 중요하지만, 무엇보다 자신을 사랑할 줄 알아야 한다는 것. 남이 나를 바라보는 시선도 중요하

지만, 내가 원하는 나의 모습은 어떠한지를 생각할 수 있어야 한다는 것. 내 모습 그대로를 존중하고 사랑하는 여러분이 되었으면 좋겠어요. 가사를 같이 보면서 이야기하고 싶었는데 좀 아쉽네. 한 학기 동안 여러 좋지 않은 환경에서도 열심히 해줘서 고맙고, 수고 많았습니다."

후영미들이 장국영 정신을 전파한다고 했는데 정작 노영미인 내가 학생들에게 이런 말을 하고 있다니 낯이 간지럽다. 그래도 그 깊은 뜻을 학생들이 알아주었으면 좋겠다.

아마 "교수님, 지금 무슨 소리?" 하고 갸우뚱한 친구도, 어이없어한 친구도 있었을 것이다. 그래도 나중에 이 친구들이 졸업을 하고 사회에 나간 뒤에 남의 눈을 신경 쓰지 않고 살아간다는 것이, 자기 자신을 온전히 사랑한다는 것이 얼마나 어려운 일인지 깨닫게 되는 날, "아, 그래. 그때 그런 말을 한 선생님이 있었지" 하고 잠깐이나마 떠올릴 수 있다면 그것만으로도 충분하다. 너희도 조금만 더 살아보면 내가 한 말의 의미를 알게 되겠지.

그래도 전에 없이 특수했던 상황이었음에도 2020년에는 꺼거와 관련된 다양한 이벤트가 열렸다. 뮤지컬 〈영웅본색〉이 공연되었고, 영화 〈패왕별희: 디 오리지널〉이 재개봉했으며, 부산국제영화제에서 '장국영의 결정적인 순간'이라는 테마로 장국영 특별전이 열려 〈아비정전〉과 함께 국내 미개봉작인 〈창왕〉을 최초로 상영했다(국내에는 〈스피드 4초〉라는 제목으로 알려져 있다). 그리고 무려 꺼거의 새 앨범이 나왔다.

나도 틈틈이 경기도 고양시 삼송동에 있는 장국영 테마 카페 '카페 레슬리'를 방문했고, '샤로수길'에 새로 문을 연 와인바 '아비정전'을 찾기도 했다. 생각지도 않았는데, 누가 읽을까 했던 논문 「후 장국영 시대 팬덤의 정체성과 사회문화적 함의」를 읽고 한 작가님이 연락을 주셔서 그분과 '아비정전'에서 만났다. 영화 속 장면을 그대로 재현한 듯한 디테일한 인테리어에 연신 감탄하며 우리는 한참 동안 이야기를 나누었다. 오랜만에 1세대 팬의 위용을 제대로 느낀 시간이었다. 또 적극적으로 참여하지는 않았지만 팬카페를 중심으로 다양한 이벤트도 여러 차례 이루어졌던 것 같다. 꺼거와 특별히 인연이 있는 해는 아니었지만 꺼거를 기억할 수 있는 많은 이벤트가 때로는 소소하게 때로는 주목을 받으며 진행되었다.

그리고 무엇보다 개인적으로는 조심스럽고도 설렌『아무튼, 장국영』을 집필한 시간이었다. 사실 처음에는 이 글을 잘 쓸 수 있을지 무척이나 걱정스러웠다. 꺼거의 그 많은 대단한 팬들에 비해 나의 팬심은 너무나 작아 보였기 때문이다. 꺼거에 대한 글을 쓰기에 나의 열정과 성실함이 한없이 부족해 보였다. 하지만 코난북스 출판사 대표가 해준 말이 큰 힘이 되었다.

"『아무튼, ○○』의 주인공은 ○○이 아니라 작가 자신이면 좋겠습니다. 글을 읽으면서 장국영이 그려지기도 해야겠지만 장국영을 좋아하는 나, 그의 영화를 보고 또 보고, 그의 음악을 듣고 또 듣는 나, 그런 나의 마음이 글의 중심에 있으면 좋겠습니다."

그래. 나의 이야기라면, 내가 살아온 이야기라면 이 글이 꺼거에게 누가 되지는 않지 않을까. 나 나름으로는 치열하게 꺼거의 팬으로 살아오지 않았던가. 행여 잘못된 기억, 왜곡된 사실이 있더라도, 혹은 그저 의미 없는 넋두리였을지라도, 한때나마 '장국영 부인'으로 이름 날렸던 나의 이야기이기에 그것만으로 충분하지 않을까.

그렇게 시작된 글이었지만 이 글을 쓰는 내내 이 책이 출간될 2021년이 꺼거에게 어떤 의미를 가

질까 많이 고민했다. 60세 생일도 지났고, 10주기나 20주기도 아니고, 데뷔 40주년도 지났고, 〈종횡사해〉 개봉 30주년? 아니면 탄신 65주년 기념? 물론 그것도 의미가 없는 것은 아니지만 아무리 궁리를 해도 썩 마음에 드는 답이 나오지 않았다.

그러다 문득 깨달았다. 이 모든 것은 나 자신을 위한 선물의 시간이었다는 것을. 꺼거를 추억하기 위해, 20주기를 기억하기 위해 시작한 『아무튼, 장국영』은 결국 나의 지난 30여 년의 삶을 돌아보는 작업이었다. 그다지 대단할 것 없던 나의 삶이 꺼거와 함께 꿈꾸고 달리고 넘어지고 다시 일어서며 지속되었다. 참 단순하고 맹목적이었다.

이 모든 성장통을 한데 모아두고 보니 의미 없었던 것 같은 작은 조각들이 하나하나 모여 제법 규모 있는, 꽤 그럴싸한 모양새를 갖춘 선물 꾸러미가 되었다. 그리고 이 선물 꾸러미는 '장국영'이라는 예쁜 리본으로 묶여 나에게 배달되었다. 감사하고도 소중한 선물이 되어.

"언니, 가보고 싶은 중식당이 있는데 콘셉트가 있는 식당이래요. 지금은 〈영웅본색〉 콘셉트래요."

하늬가 연락을 해왔다.

"그래, 코로나19 좀 진정되면 꼭 가보자."

뮤지컬 〈영웅본색〉을 보며 시작한 2020년을 〈영웅본색〉 콘셉트 식당에서 마무리하면 되겠다 싶었지만 식당은 가보지도 못하고 2020년이 끝나고 말았다. 2003년을 유난히 닮았던 2020년이 그렇게 저물었다.

우리는 오늘도 각자의 방식으로 꺼거를 기억한다. 그가 있었던 순간에도, 그가 떠나고 없는 이 순간에도. 누군가는 옛 추억을 되새기며 찬란하고 뜨거웠던 젊음의 열정을 기억하고, 누군가는 그 누군가의 옛 추억을 동경하며 또 자신만의 방식으로 새로운 시간을 만들어간다. 절대 흐를 것 같지 않았던 하루하루, 한 해 한 해가 지나 어느덧 17년이라는 시간이 흘렀다.

이 책이 나오는 2021년은 18년째가 되는 해다. 만약 환생이 존재한다면, 환생을 한 꺼거가 성인이 될 만큼 긴 시간이 지난 것이다. 솔직히 흘러간 시간만큼이나 무뎌진 마음을 부인할 수 없다. 그래도 매년 4월과 9월에는, 날 좋은 봄과 가을의 시작 즈음에는, 잠시 평범하고 무료한 일상에서 벗어나 오랜 친구이자 동지를 만나는 느낌으로 꺼거의 이름을 떠올린다.

그렇게 시간은 겹겹이 쌓여 또 다른 시간을 만들었고 이제는 어떠한 상황에서도, 어느 누구에게도 흔들리지 않을 나만의 공고한 성곽이 되어 마음속 깊은 곳에 자리 잡았다. 그 성곽은 유난스럽지 않지만 늘 그렇게 그곳에 자리하는 나만의 아지트가 되었다.

사실 지난 2013년 10주기를 보내며 많은 팬이, 심지어 나조차도 꺼거의 시대가 마무리되리라 여겼다. 11주기였던 2014년 4월 1일, 매년 4월이면 꺼거에 대한 특집 기사를 올렸던 중국의 한 포털사이트는 이것으로 꺼거에 대한 연재를 마치겠다며 마지막 인사를 남겼다.

그렇게 꺼거가 우리의 추억 속에 저장되는 줄 알았다. 그러나 그 뒤에도 그를 기억하는 많은 사람들은 끊임없이 그를, 그의 영화를, 그의 음악을 재소환했다. 보물찾기라도 하듯 익숙하지만 전혀 다른 꺼거의 모습을 찾아냈다.

그리고 감히 생각한다. 앞으로 다시 10년, 20년이 흘러도 우리의 보물찾기는 계속될 거라고. 누군가는 꺼거를 잊겠지만 또 다른 누군가는 새롭게 꺼거를 기억하리라. 꺼거에 대한 팬들의 사랑은 오늘도 현재진행형이다.

그를 기억하는 모든 사람이 자신의 삶을 살아가기를 바란다. 그가 그토록 원했던 자신을 사랑하는 삶, '颜色不一样的烟火(색깔이 다른 불꽃)'가 되어.

나를 만든 세계, 내가 만든 세계
'아무튼'은 나에게 기쁨이자 즐거움이 되는,
생각만 해도 좋은 한 가지를 담은 에세이 시리즈입니다.
위고, 제철소, 코난북스, 세 출판사가 함께 펴냅니다.

아무튼, 장국영

초판 1쇄 발행 2021년 4월 1일
　　　 3쇄 발행 2023년 5월 15일
지은이 오유정
펴낸이 이정규
펴낸곳 코난북스
출판등록 제2013-000275호
전화 070-7620-0369
팩스 0505-330-1020

conanpress@gmail.com
conanbooks.com
facebook.com/conanpress

© 오유정, 2023

ISBN 979-11-88605-19-4 02810